春潮NOV+

回到分歧的路口

02
露西·巴顿
四部曲

ANYTHING IS POSSIBLE

我 想, 没 那 么 糟

Elizabeth Strout

[美] 伊丽莎白·斯特劳特 ——— 著 贾晓光 ——— 译

中信出版集团 | 北京

图书在版编目（CIP）数据

我想，没那么糟 /（美）伊丽莎白·斯特劳特著；贾晓光译 . -- 北京：中信出版社，2024.8
书名原文：Anything is possible
ISBN 978-7-5217-6563-2

I. ①我… II. ①伊… ②贾… III. ①长篇小说－美国－现代 IV. ① I712.45

中国国家版本馆 CIP 数据核字（2024）第 092513 号

Copyright © 2017 by Elizabeth Strout
This edition published by arrangement with Random House, an imprint and division of Penguin Random House LLC
Simplified Chinese translation copyright © 2024 by CITIC Press Corporation
ALL RIGHTS RESERVED
本书仅限中国大陆地区发行销售

我想，没那么糟
著者：　　［美］伊丽莎白·斯特劳特
译者：　　贾晓光
出版发行：中信出版集团股份有限公司
　　　　　（北京市朝阳区东三环北路 27 号嘉铭中心　邮编　100020）
承印者：　北京盛通印刷股份有限公司

开本：787mm×1092mm 1/32　　印张：8.5　　字数：150 千字
版次：2024 年 8 月第 1 版　　　　印次：2024 年 8 月第 1 次印刷
京权图字：01-2024-2297　　　　　书号：ISBN 978-7-5217-6563-2
定价：46.00 元

版权所有·侵权必究
如有印刷、装订问题，本公司负责调换。
服务热线：400-600-8099
投稿邮箱：author@citicpub.com

献给我的兄弟

乔恩·斯特劳特

目录

标志　　1

风车　　30

碎裂　　62

砸拇指理论　　91

密西西比的玛丽　　115

妹妹　　153

多蒂的家庭旅馆　　186

雪盲　　214

礼物　　233

致谢　　263

标志

汤米·格普蒂尔曾经拥有一座奶牛场，是他从父亲那里继承的，距离伊利诺伊州阿姆加什镇大约两英里[1]。这已经是很多年前的事了，但汤米有时仍会在夜里惊醒，奶牛场被烧成平地那夜的恐惧又袭上心头。连房子也被烧得一干二净。房子离谷仓不远，风把火星吹到了上面。都是他的错——他一直这么认为——因为那天晚上他没有检查挤奶器，确保它们都关好，火就是从那里烧起来的。火一旦烧起来，就嘶吼着蔓延到各处。他们的家当都烧没了，唯独起居室镜子的黄铜镜框幸存了下来，第二天他在瓦砾堆里发现了它，但他没去捡。居民们发起了募捐：他的孩子们穿着同学们的衣服艰难地度过了几个星期，直到他重新振作并攒了一点点钱。他把土地卖给了附近的农民，但没卖多少钱。之后他和妻子——一个名叫谢莉的小

---

[1] 1英里≈1.61千米。（本书注释若无特殊说明，均为编者注。）

个子美人——购置了些新衣服,也买了座新房子,这期间谢莉都保持着令人钦佩的乐观情绪。他们不得不在阿姆加什——那个破败的镇子上买房子;孩子们也只能在那里上学,他们之前的学校在卡莱尔,而他的奶牛场正好在两个镇子的分界线上。汤米在阿姆加什的学校里找了个看门的活儿,他喜欢这份工作的稳定性,而他从未想过去别人的农场工作,他没这个心思。那时他三十五岁。

孩子们如今都成年了,连他们自己的孩子也都长大了,而他和谢莉仍旧住在自己的小房子里。谢莉在房子周围种满了花,这在那个镇子上很少见。火灾发生后的那阵子,汤米一度很为他的孩子们担心。曾经,他们把家里作为班级旅行的目的地——每年春天,卡莱尔镇的五年级学生会在他们家玩上一整天,在谷仓旁的木头桌子上享用午餐,接着蹑着脚穿过谷仓,观看挤奶工挤奶,乳白色的沫状物在洁净的塑料管中翻腾——后来他们却被迫看到自己的父亲落到这般光景:把"魔力粉末"撒在某个在走廊里犯恶心的孩子的呕吐物上,再推着扫帚一扫而净,汤米穿着他的灰裤子,白色的衬衫上绣着红色的"汤米"字样。

呵。他们全都熬过来了。

这天早上,汤米慢悠悠地开着车,到卡莱尔镇办点差事。这是五月里一个阳光明媚的星期六,再过几天就是他妻子的八十二岁生日了。四下是空旷的田野,玉米刚种上,大豆也是。很多片田地都为了耕种而被犁翻过,因此仍然是土褐色,但总的来说,天空高远而湛蓝,零星的几朵白云飘在地平线附近。他驶过通向巴顿家路上的一块标志牌,上面还写着"裁缝改衣",虽然缝改衣服的女人莉迪亚·巴顿已过世多年。即使是在阿姆加什这种地方,巴顿一家也不受欢迎,因为他们既潦倒又古怪。巴顿家最大的孩子名叫皮特,现在一个人住在那里,老二住在两个镇子之外,最小的孩子叫露西·巴顿,很多年前就走了,在纽约定居。汤米常常想起露西。那些年她放学后不回家,独自待在教室里,从四年级直到高中毕业都是如此。她甚至过了好几年才敢直视他的眼睛。

但此时,汤米正驶过原先奶牛场所在的地方——如今全是农田,一点儿奶牛场的痕迹也没有了——就像他经常想起的那样,他想起了过去在那里的生活。那段日子挺不错的,但他对已经发生的事并不后悔。后悔不是汤米的天性,大火那晚——在他越发感到恐惧之时——他明白了，妻子和孩子才是这个世界上最重要的，他觉得别人终其一生，也没有像他这般清楚、持续地意识到这一点。他在内心暗暗把那场大火看作上帝的旨意：让他牢牢保有这份礼物。之所以是在内心暗想，是因为他不想被看成一个为悲剧的发生寻找借口的人，不想让任何人认为他会这么做——即使是他最心爱的妻子。但他的确在那个夜晚感受到了。他看到谷仓起火，第一时间冲进房子救出了孩子们，当妻子在路边看护孩子时，他望着巨大的火焰飞入夜空，听见奶牛死去时可怕的叫声，他感觉到了很多东西，但只有当房顶坍塌，陷进房子里面，正好落进他们的卧室和楼下装有孩子们及他父母全部照片的起居室时，当他亲眼看到这一切发生，才确凿无疑地感觉到了只能被他归为上帝显灵的东西，而他也理解了为什么天使总是长着翅膀的形象，因为他有那种感觉——那种急速的声响，甚或没有一丝声响，随后是上帝，没有面容但肯定是上帝，仿佛紧紧挨住他，一言不发地向他传达某种启示——如此短促、如此迅疾，他对此的理解是：没事的，汤米。于是汤米就认为没事了。这超出了他的理解能力，不过没事。一直都没事。他经常觉得他的孩子们变得更有同情心了，因为他们不得不和那些出身贫寒、并非来自他们那种家庭的小孩一起上学。自那以后,他不时会感觉到上帝的存在,仿佛有一片金光触手可及,但他再也没有像那个夜晚那样感受到上帝的亲临,他也十分清楚旁人会怎么想,所以他至死都会保守这个秘密——上帝的形迹。

然而,在这样一个春天的早晨,泥土的气息又使他回想起奶牛的气味,它们湿润的鼻孔、温暖的肚皮,还有他的谷仓——他曾经拥有两座谷仓,他任由思绪在一幕幕回忆中驰骋。或许是因为他刚刚经过巴顿家,他想起了肯·巴顿,那些可怜而忧伤的孩子的父亲,以前给他打过零工,接着他又——更为惯常地——想起了露西,她离家去读大学,最终在纽约落脚。她成了一名作家。

露西·巴顿。

汤米一边开车,一边轻轻地摇了摇头。在那所学校当了三十多年看门人,汤米知道很多事。他知道哪些姑娘怀孕了,还有那些酗酒的母亲和婚外情,学生们三三两两围在盥洗室或食堂边谈论的这些事总能被他偷听到。在各种意义上他都是隐形的,他明白这一点。但露西·巴顿是最让他忧虑的。她和她的姐姐薇姬,以及哥哥皮特,一直遭到其他孩子的恶毒嘲讽,甚至有些老师也这么干。但因为露西经常放学后留下，这么多年来他一直觉得——虽然她很少说话——他是最了解她的人。有一次，那是她四年级，他去学校工作的头一年时，他打开一间教室的门，发现她躺在三把拼在一起的椅子上，挨着暖气片，外套盖在身上，睡得很熟。他盯着她，望着她轻微起伏的胸部，看到她眼睛下面的黑眼圈，她的睫毛像闪烁的小星星一样铺散，她的眼睑湿湿的，好像在睡前刚哭过。他慢慢地退了出去，尽量保持安静。以这样的方式碰见她简直有失体面。

不过有一回——他现在想起来了——那时她肯定已经上初中了，他走进教室的时候，她正用粉笔在黑板上画画。他刚走进来她就停下了笔。"你继续。"他说。黑板上画的是一株葡萄藤，上面长着很多片小叶子。露西从黑板边走开，突然开口对他说话。"我把粉笔弄断了。"她说。汤米告诉她没关系。"我是故意的。"她说，脸上闪过一丝微笑，又把目光移开。"故意的？"他问。她点点头，又微微笑了笑。于是他走上前拿起一根粉笔，完整的一根，把它掰成两半，接着冲她眨了眨眼。在他的记忆中，她差点咯咯笑了起来。"你画的？"他指着那根长满小叶子的葡萄藤问道。她耸了耸肩，又转过脸去。但通常她只是坐在桌旁读书，或是写作业，他能看见她在写作业。

他在一块停车标志牌前停下,轻声自言自语道:"露西,露西,露西·巴顿。你去哪儿了,你怎么就走了?"

他知道原因。在她毕业那年的春天,有天放学后,他在走廊里看到她,她睁大眼睛,带着突如其来的坦率,对他说:"格普蒂尔先生,我要去上大学了!"他回应道:"噢,露西。那太棒了。"她张开双臂抱住他,不肯松开,于是他也回以拥抱。他一直记得那个拥抱,因为她是那么的瘦,他能感觉到她的骨头和小小的乳房,也因为他后来好奇这个姑娘究竟得到过多少——多么少的——拥抱。

汤米驶离停车标志牌,开进镇子里,前方就有一片停车场。汤米一路开进去,从车里出来,在阳光下眯起眼睛。"汤米·格普蒂尔。"一个男人喊道,汤米转过身,看见格里夫·约翰逊正朝自己走来,迈着他独有的一瘸一拐的步子,格里夫的一条腿比另一条短,即使穿着厚底鞋也没法走得稳当。格里夫伸出一条胳膊,准备握手。"格里夫斯[1]。"汤米说,两人握住对方的胳膊晃了很久,车辆从他们身边缓缓开过,朝主街驶去。格里夫是镇上的保险推销员,他一直对汤

---

[1] 格里夫斯:格里夫的昵称。

米特别好。当得知汤米没有为农场上全额保险时,格里夫说:"我认识你太晚了。"这倒是真的。格里夫面容亲切,如今大腹便便,对汤米仍然很好。事实上,汤米还不认识任何在他看来对他不好的人。一阵微风盘旋在他们周围,他们谈起了自己的孩子和孙辈。格里夫有一个孙子染上了毒瘾,汤米觉得十分痛心,但只是一边听一边点头,抬头瞥着主街两旁的树,树叶那么鲜嫩,翠绿翠绿的,接着听格里夫讲另一个孙子的情况,他正在上医学院,汤米说:"嘿,那棒极了。真是好样的。"他们拍着对方的肩膀,接着忙各自的事去了。

女装店里——他进门时响起了一阵铃声——玛丽莲·麦考利正在试一条连衣裙。"汤米,什么风把你吹来了?"玛丽莲边说边扯了扯裙边,她正在为几周之后孙女的浸礼仪式准备衣服。裙子是米黄色的,点缀着一圈圈红玫瑰。她没穿鞋,只套着丝袜站在那里。她说为这件事专门买件新衣服是挺奢侈,但她乐意。汤米认识玛丽莲很多年了,第一次见面是她在阿姆加什上高中的时候。他看出了她的尴尬,说他压根不觉得有什么奢侈的。随后他又说:"可以的话,玛丽莲,能不能帮我妻子挑一件东西?"他看见她的动作变得利索起来,她说可以的,当然可以。她走进更衣间,出来时穿着平时的衣服,一条黑裙子和一件蓝毛衣,踩着一双黑色平底鞋,当即带汤米去看围巾。"这条。"她抽出一条带图案的红色围巾,上面贯穿着金色的丝线。汤米拿着它,又用另一只手拿起一条花围巾说:"要不这条吧。"玛丽莲说:"是的,那条看上去适合谢莉。"于是汤米明白了,玛丽莲喜欢那条红围巾,但她绝对不会允许自己买下。汤米当看门人的第一年,玛丽莲就是个可爱的姑娘,她无论何时看到他都要说一声:"嗨,格普蒂尔先生!"如今她已经上了年纪,瘦削而神经质,面色憔悴。汤米和其他人的想法一样,认为这都是由于她的丈夫去过越南,回来后就像换了个人似的。每每汤米在镇子上遇到查理·麦考利,他看上去总是神情恍惚,这个可怜的男人,可怜的玛丽莲。汤米把绣金线的红围巾在手上拿了一会儿,似乎在考虑,接着说:"我觉得你说得对,这条更适合谢莉。"然后拿起那条花围巾去结账。他对玛丽莲的帮助表示了谢意。

"我想她会喜欢的。"玛丽莲说,汤米说他肯定谢莉会喜欢的。

回到人行道上,汤米朝书店走去。他觉得妻子或许会想要一本讲园艺的书。进了书店他开始到处逛,接着看到露西·巴顿的新书摆在那里——就在书店的正中央。他拿起书，封面上是一座城市建筑，再翻到后勒口，上面印着她的照片。他觉得假如现在遇到她，他会认不出来的，只不过因为他知道这就是她，他才得以从她的微笑里认出她的痕迹，那依旧羞涩的微笑。他又回忆起那个下午，她说她是故意把粉笔弄断的，还有那天她脸上古怪的微笑。如今她是个上了年纪的女人，照片上的她头发梳在脑后，他看得越久，就越能看出她曾经的样子。汤米给一位带着两个小孩的妈妈让路，她和孩子从他身边走过，说了句"抱歉，劳驾"，他说"噢，别客气"，接着又在想——正如他时常想起的——露西一直过着怎样的生活，在纽约那么遥远的地方。

他把书放回展台，找销售员询问一本园艺类的书。"来得正是时候，我们刚刚进了这本。"女孩——其实她算不上女孩了，只不过如今对汤米来说她们都像是女孩——拿给他一本封面上印着风信子的书，他说："噢，好极了。"女孩又问他需不需要包起来，他说要的，那样最好。他看着她把银色的纸铺开包在书上，她的指甲涂成了蓝色，舌头从牙中间伸出来一点点，神情很专注。她贴上透明胶带，弄好之后给了他一个大大的微笑。"好极了。"他又说了一遍。她说："祝您度过愉快的一天。"他也同样祝福了她。汤米离开书店，在灿烂的阳光下穿过街道。他会和谢莉说起露西的书，因为他，她也一直爱着露西。他发动汽车，开出停车场，沿着回家的路驶去。

约翰逊家的男孩浮现在汤米脑中，他没法戒掉毒瘾；随后汤米想起了玛丽莲·麦考利和她的丈夫查理；接着又想起了自己的哥哥，他在几年前就去世了。汤米想着哥哥——他参加过"二战"，清空集中营的时候他在场——想着哥哥从战场归来，却像换了一个人，他的婚姻完了，孩子也讨厌他。他的哥哥在去世之前不久，告诉汤米自己在集中营的所见，当时他和其他人负责领着镇民穿过营区。他们带领一群镇上的女人穿过集中营，让她们看到那里的一切，汤米的哥哥说，有的女人哭了，也有一些人仰起脸，怒气冲冲，好像她们不愿意被迫陷入悲伤。汤米一直记得这幅画面，他奇怪的是自己为什么现在又想起来了。他把车窗全部摇下。似乎随着年岁增长——他已经很老了——他愈加明白自己无法理解善与恶之间这种令人困惑的交锋，或许人们注定无法理解这个世界上的事。

驶近写着"裁缝改衣"的标志牌时，他放慢了车速，转而开上那条通往巴顿家的长长的路。自从肯——皮特的父亲死后，汤米习惯顺道去看看皮特·巴顿,他现在当然不是孩子了,已经上了年纪。皮特一直独自住在那栋房子里,汤米已有好几个月没见过他了。

他沿着长路驶去,这条路人迹罕至。这件事他和谢莉已经讨论很多年了,与世隔绝对孩子并没有好处。路的一边是玉米地,另一边是大豆田。玉米地中央的那棵孤树——一棵大树——几年前被闪电击中,侧倒在地上,修长的枝条光秃秃的,支离破碎,朝天空支棱着。

卡车就停在那栋小房子边上,房子很多年都没粉刷过了,看上去像褪了色,墙面板已经发白,还缺了几块。百叶窗像平常一样是闭合的,汤米从车里出来,走过去敲门。站在阳光下,他又想起了露西·巴顿,她曾经是个多么瘦弱的孩子,令人心疼,一头金黄色的长发,几乎从来没有直视过他的眼睛。她还小的时候,有一次放学时他走进教室,发现她坐在那里看书,门刚打开她就跳了起来——他看见她真的吓得跳了起来。他赶忙对她说:"不,不,没事的。"不过正是在那一天,当他看见她跳起来的样子,看见她脸上掠过的恐惧,他猜到她一定在家挨了打。开个门就能被吓成这样,她肯定是挨打了。意识到这一点后,他更加留意她了,有些日子,他看到她的脖子或胳膊上似乎有黄色或者青色的伤痕。他告诉了妻子，谢莉说："我们能做什么，汤米？"他思考着，她也思考着，最后他们决定什么也不做。但他们讨论这件事的那天，汤米告诉妻子他曾看见肯·巴顿，露西的父亲，在多年前做了一件事。那时汤米的奶牛场还在，肯时常来做些机械活儿。汤米走到一座谷仓后面，看见肯·巴顿在那里，裤子脱到脚踝，一边手淫一边咒骂着——这种事竟然都能让他撞上！汤米说："在这里可不行，肯。"那个男人转过身，钻进卡车便开走了，整整一周他都没有回来干活。

"汤米，你之前怎么没告诉我这件事？"谢莉抬头望着他，蓝眼睛里满是惊恐。

汤米说，这太可怕了，没法复述。

"汤米，我们得做点什么。"他的妻子那天说。于是他们继续讨论，最终再次得出结论，他们什么也做不了。

百叶窗微微动了动，门开了，皮特·巴顿站在那里。"你好，汤米。"他说。皮特走到外面的阳光下，关上身后的门，站到汤米身边，汤米才意识到皮特并不想请他进屋。一阵恶臭向汤米涌来，可能就是皮特身上的气味。

"我正好开车路过,想看看你在忙什么。"汤米漫不经心地说。

"谢谢,我很好。谢谢你。"明晃晃的阳光下,皮特的脸看上去很苍白,而他的头发如今几乎全白了,那是一种灰白色,看起来和他身后发白的房子墙面很相称。

"你在达尔家干活吗?"汤米问。

皮特说是的,那里的活基本干完了,不过他在汉斯顿又找了一份工作。

"挺好。"汤米眯起眼望向地平线,他前方是成片的大豆田,棕色的土壤上泛着大豆苗的鲜绿。地平线处是佩德森家的谷仓。

他们谈论着各种不同的机器,也说到最近在卡莱尔和汉斯顿之间建起的风力涡轮机。"我觉得,我们得习惯这些。"汤米说。皮特说他觉得汤米说得没错。车道旁仅有的一棵树上长出了一些嫩叶,树枝被风吹得朝下晃了晃。

皮特倚在汤米的车上,胳膊交叉在胸前。他个子很高,但胸膛几乎是凹进去的,他那么瘦。"你去参战了吗,汤米?"

汤米被这个问题惊到了。"不,"他说,"没有,我当时太年轻,刚好错过了。不过我哥哥去了。"树枝迅速上下晃了晃，好像感受到了一阵汤米没有感受到的微风。

"他当时在哪儿？"

汤米迟疑了一下，随即他说："他被派去了集中营，在战争快结束的时候，他加入了前往布痕瓦尔德集中营的部队。"汤米抬头看着天空，手伸进口袋里，拿出太阳镜迅速戴到脸上。"从那之后他就变了。我说不出是怎么回事，但他变了。"他走过去靠在车上，挨着皮特。

过了一会儿，皮特·巴顿转向汤米。他用一种全无敌意，甚至还带有一丝歉意的声音说："听着，汤米，我希望你不要总来我这里。"皮特的嘴唇发白干裂，他用舌头舔湿嘴唇，眼睛盯着地面。有一会儿，汤米怀疑自己听错了，他刚说出"我只是——"，皮特飞快地看了他一眼，说："你这是在折磨我，我觉得已经够久了。"

汤米离开车边，站直身子，透过太阳镜看着皮特。"折磨你？"汤米问，"皮特，我来这里不是要折磨你。"

路上突然吹来一阵微风，他们脚下的尘土轻轻旋转起来。汤米摘下太阳镜，这样皮特可以看见他的眼睛。他忧心忡忡地看着皮特。

"忘了我刚才说的吧，对不起。"皮特垂下头。

"我只是想隔三岔五来看看你，"汤米说，"你知道的，邻里之情。你一个人住在这里，我觉得作为邻居应该时常来看看。"

皮特看着汤米，苦笑着说："好吧，你是唯一一个这么做的人。算上女人也是。"皮特笑着，声音很不自在。

他们两人站在那儿，汤米的胳膊此时伸展开了，他把手伸进口袋，皮特也把手伸进口袋。皮特踢开一颗石子，转身眺望着田野。"佩德森家应该把那棵树移走，我不明白他们为什么没有移。树立着的时候还可以在周围耕种，但现在，老天啊。"

"他们有这个打算，我听他们说了。"汤米有点不知所措，这种感觉很奇怪。

皮特仍然望着倒下的树，说道："我父亲去参战了。他把一切都搞砸了。"皮特转身看着汤米，他的眼睛在阳光下眯缝着。"他临死时告诉我了。他经历的事很可怕，后来——后来他用枪打死了两个德国人，他知道他们不是士兵，他们几乎还是孩子，他告诉我每一天他都觉得应该用自杀来偿还。"

汤米一边听着，一边看着这个男孩——男人，手在口袋里握着太阳镜。"对不起，"他说，"我不知道你父亲上过战场。"

"我父亲——"说到这里,皮特的眼中真的泛起了泪水,"我父亲是个正派的人,汤米。"

汤米缓缓地点了点头。

"他做一些事是因为他无法控制自己。所以他——"皮特转过脸去。很快他又半转过头来对着汤米说:"所以那天夜里他打开了挤奶器,然后那里就烧毁了,我从来没有忘记,汤米,就好像我当时知道是他干的。我知道,你也知道是他干的。"

汤米感觉头皮上起了一层鸡皮疙瘩,而且越来越多,他觉得整个头都爬满了鸡皮疙瘩。太阳十分晃眼,但似乎只在他的周围投下一束光。过了一会儿他说:"孩子,"——这个词不由自主地脱口而出——"你不能那么想。"

"听着,"皮特说,他的脸现在有了些血色,"他知道挤奶器可能会出问题——他之前说过。他说那个系统不是很高级,运行时很快就会过热。"

汤米说:"他说得没错。"

"他生你的气。他总是生别人的气,但这次他生你的气了。我不知道发生了什么,但他在你那儿干活,后来不干了。我想他最终还是回去了,但不知道发生了什么事,之后他就再也不喜欢你了。"

汤米又戴上太阳镜。他小心翼翼地说："我发现他在手淫，皮特，打飞机，就在谷仓后面，我告诉他不可以做这种事。"

"噢，天啊。"皮特摸了摸鼻子，"噢，天啊。"他抬头看着天空。随即他飞快地望向汤米，说："噢，他不喜欢你。着火前一天晚上，他出去了——他有时候就是会这样，出门去，他不是酒鬼，但有时他就是会离开家到外面去。那天晚上他就出去了，大概午夜才回来。我能记得这事，是因为我妹妹冷得睡不着，我母亲——"皮特停了停，似乎是要缓口气，"我母亲陪她熬着，我还记得她说，露西快睡觉吧，已经午夜了！后来我父亲回家了。第二天早上我在学校——是的，我们都听说了那起火灾。我这才知道。"

汤米靠着车才站稳。他一句话也没说。

"你也知道是他干的，"皮特最后说，"所以你才到这儿来，来折磨我。"

很长时间，两个人就站在那里。风变大了，汤米感觉衬衣的袖子被吹了起来。皮特转身走回房子里，门嘎吱一声开了。"皮特，"汤米喊道，"皮特，听我说。我不是来折磨你的。而且就算你刚才告诉我了，我仍然不相信那是真的。"

皮特转过身。片刻之后，他关上身后的门，走回汤米身边。他的眼睛湿了,汤米不知道是被风吹的,还是他哭了。皮特几乎有气无力地说:"我只想跟你说,汤米,他本来没打算去战场上做那些事,但他不得不做。人本来就不应该杀人。他做了,做了可怕的事,可怕的事也就找上了他,而他没办法与自己和解,汤米。这才是我要说的。其他人可以做到,但他不行,他被摧毁了,而且——"

"那你母亲呢?"汤米突然问。

皮特的脸色变了,显出一种茫然的神情。"她怎么了?"他问。

"她怎么面对这一切的?"

皮特似乎被这个问题击垮了。他缓缓摇头。"我不知道,"他说,"我不知道我母亲是怎么想的。"

"我都不怎么认识她,"汤米说,"只是偶尔看到她出门去。"但他这时想起来了——他从来没见这个女人笑过。

皮特正盯着地面。他耸了耸肩,说:"我不了解我母亲。"

汤米此前纷乱的思绪又恢复了正常,他镇定下来。"听好了,皮特。我很高兴你告诉我你父亲经历过战争。我听到了你说的。你说他是个正派的人,我相信你。"

"他就是!"皮特几乎要哭出来了,他那双暗淡的眼睛看着汤米,"每当他做了什么事,他总是感觉很糟糕,那次火灾之后,他非常——非常焦虑,汤米,连续很多个星期,他的状态前所未有的糟糕。"

"没事的,皮特。"

"怎么会没事?"

"就是没事。"汤米肯定地说。他向这个男人走过去,他的手在皮特的胳膊上搭了一会儿,然后他又说:"无论如何,我不觉得是他干的。我想那天晚上是我忘了关掉机器,你父亲很生我的气,他可能为发生的事感到伤心。他从没告诉过你是他干的,对吧?他临死时跟你说起过在战场上杀人的事,但从来没说过是他烧了谷仓,对吧?"

皮特摇了摇头。

"我劝你想开点,皮特。你要应付的事已经够多了。"

皮特用一只手捋了捋头发,有一撮翘起来了。他有些困惑地说:"应付?"

"整个镇上是怎么对你的我都看在眼里,皮特。还有你妹妹。我还是个看门人的时候就很清楚了。"汤米感到有些喘不上气。

皮特轻轻耸了耸肩。他看起来仍然有些困惑。

"好吧，"他说，"就这样吧。"

他们在风中又站了一会儿，接着汤米说他得走了。"等一下，"皮特说，"让我坐你的车一起过去。是时候把我母亲的那块标志牌弄走了。我一直想办这事儿，就现在吧。等一下。"汤米在车边等着，皮特走进房子，很快就出来了，手里拿着一把大锤。汤米坐到驾驶座上，皮特坐上副驾驶，他们一起沿路开了下去。当皮特挨着他时，先前汤米闻到的那股恶臭现在更浓烈了。开着车，汤米忽然想起来露西还在上初中的时候，有一次他把一枚二十五分的硬币放在了她常坐的桌子边。她经常去黑利先生的教室。那个男人教了一年的公民课，之后入伍了，但他一定对露西很好，因为露西总爱去那间教室，即使那里后来被改成了科学课教室。于是有一天，汤米把一枚二十五分硬币留在了她坐的桌子边。学校刚进了一台售货机，冰激凌三明治二十五美分一个，所以他把那枚硬币放在了露西能看见的地方。那天晚上她回家之后，汤米走进教室，那枚硬币依然在那里，连位置都没变。

他差点就要问皮特和露西还有没有联系，但这时车已经停在了写着"裁缝改衣"的标志牌边，于是他只是说："到了，皮特。你当心点。"皮特谢过他，下了车。

过了一会儿，汤米瞥了一眼后视镜，看见皮特·巴顿正在用大锤猛击标志牌。皮特的动作中有种东西——力量——让汤米一边开车一边看得出神。他看见那个男孩——男人——一次又一次击打标志牌，似乎越来越用力。当汤米的车身随路面起伏下降了一点，暂时看不见后面时，他想：等等。当车身再次抬高，他又看向后视镜，看见那个孩子气的男人愤怒地击打标志牌，动作之猛让汤米震惊，那个男人击打标志牌时的愤怒是如此惊人。目睹这一幕，让汤米觉得有失体统，这种痛苦中包含的私密性，和男孩的父亲那天在谷仓后干的事一样。汤米一边开车一边意识到：噢，是母亲。是母亲。她才是那个真正危险的人。

他放慢车速，掉头往回开。回去的路上，他看见皮特不再击打标志牌，正垂头丧气地踢着那些碎片。汤米靠近时，皮特抬头看了一眼，脸上满是惊讶。汤米俯身摇下副驾驶座的车窗，说："皮特，上车。"男人犹豫着，脸上流着汗。"上车。"汤米又说了一遍。

皮特坐回车上，汤米沿路开下去，又回到了巴顿家。他关掉引擎。"皮特，我要你非常、非常认真地听我说。"

皮特的脸上掠过一丝恐惧，汤米把手在他的膝盖上短暂地放了一下。那种恐惧，他在教室里吓到露西那次也曾掠过露西的脸。"我想告诉你一件我这辈子都没打算告诉别人的事。在着火那天晚上——"接着，汤米向他详细讲述自己如何感到了上帝的降临，上帝如何让汤米明白一切都会好的。皮特一直认真听着，时而低头垂眸，时而看着汤米，等他讲完后，皮特一脸好奇地盯着汤米。

"所以你相信那个？"皮特问。

"我不相信，"汤米说，"但我知道。"

"你连妻子都没告诉过？"

"从来没有，没有。"

"为什么不说呢？"

"我猜生活中总有些事我们不会和别人说。"

皮特低下头看着他的手，汤米也看着这个男人的手。这双手让他吃惊，手掌宽大、手指粗壮，完全是成年男子的手。

"那么你是说，我父亲是在做上帝的工作。"皮特缓缓摇着头说。

"不，我是在告诉你那天晚上我经历了什么。"

"我知道。我听见你跟我说的了。"皮特注视着风挡玻璃外面，"我只是不知道该怎么理解。"

汤米看着停在房子边上的卡车，它的挡泥板在阳光下亮闪闪的。卡车很旧，灰褐色，几乎和房子的颜色相称。汤米觉得自己似乎在那里坐了很久,看着卡车,看它和房子是那样相称。

"跟我说说露西的情况,"汤米接着说,他动了动脚,听它们摩擦着车底板上沙子的声音,"我看到她出新书了。"

"她挺好,"皮特说,他来了精神,"她过得不错,书也很好,刚出的时候她就给我寄了一本。我真为她骄傲。"

汤米说:"你知道吗,她甚至不要我有次留给她的一枚二十五分硬币。"他告诉皮特他把硬币留下,后来发现它纹丝未动。

"是的,露西不会拿不属于她的钱,一分钱都不会。"皮特说。他又补充道:"不过我妹妹薇姬,嗯,她就不同了。我打赌她会拿走那二十五美分,而且还想多要些。"他瞥了一眼汤米,"没错,她会拿走的。"

"唔,什么能做什么不能做,这之间总会有挣扎。"汤米试着用调侃的语气说。

皮特说:"什么?"于是汤米又重复了一遍。

"有意思。"皮特说。汤米感觉自己在和小孩而不是成人说话,他又看了看皮特的手。

他们沉默地坐着,汽车引擎发出几下咔嗒声。"你问到了我母亲,"过了一会儿皮特说,"从来没有人问过我母亲的事。但事实是,我不清楚母亲爱不爱我们。我并不是很了解她。"他看着汤米,汤米点点头。"但我父亲爱我们,"皮特说,"我知道他爱我们。他很忧愁,噢,天啊,他那么忧愁。但他爱我们。"

汤米又点了点头。

"再跟我讲讲你刚才说的。"皮特说。

"讲什么?我刚才说什么了?"

"那种——挣扎,你是这么说的吗?关于我们该做什么,不该做什么。"

"噢。"汤米透过风挡玻璃,看着阳光下那栋安静、破败的房子,百叶窗像疲倦的眼睑般垂下。"好吧,这里有一个严肃的例子。"接着汤米告诉了皮特他哥哥在战争中所看到的,那些穿过集中营的女人,她们有些人哭泣,有些则怒不可遏,不愿被迫感到悲伤。"我想可以说,总是有挣扎,或者说斗争,我觉得是这样的。悔恨,嗯,能够表现出悔恨——能够为我们做过的伤害他人的事感到懊悔——才让我们得以为人。"汤米把手放到方向盘上。"我就是这么认为的。"他说。

"我父亲表示了悔恨。你所说的在他身上都有体现。斗争。"

"我想你是对的。"

太阳升得很高,从车里已经看不见了。

"我从来没有这样和人聊过。"皮特说,汤米又一次感到这个孩子气的男人是如此稚嫩。汤米胸膛深处划过一丝真实的疼痛,好像和皮特有直接关系。

"我是个老人了,"汤米说,"我想假如我们还想像这样聊天的话,我应该更经常过来。下下个周六我再来看你怎么样?"

汤米吃惊地看到皮特的双手握成了拳头,捶在膝盖上。"不,"皮特说,"不。你不必这样,不。"

"我想来。"汤米说,接着他觉得——他明白了——他说这话并不是真心的。但这重要吗?不重要。

"我不需要谁出于义务来看我。"皮特低声说。

汤米胸中的疼痛越来越剧烈。"我不为那件事怪你。"他说。他们并排坐在车里,车里此时很热,汤米能清楚地闻到那股臭味。

很快皮特又说:"好吧,我之前觉得你来是为了折磨我,我想错了。要是我觉得你只是来帮助我,这么想可能也不对。"

"我认为你想错了。"汤米说。但他再次意识到,这不是真心话。事实是,他再也不想来看望这个坐在他身边、可怜又孩子气的男人了。

他们又沉默地坐了一会儿。随后皮特转向汤米,冲他点点头。"好吧，回头见。"皮特边说边从车上下来。"谢谢，汤米。"他说。汤米说："谢谢你。"

*

开车回家的路上，汤米感到一种轮胎泄气般的情绪，仿佛他一直以来都被某种气体不断填充着，但如今都消散了。他越开越感到恐惧。他无法理解这种感觉。但他已经说出了自己曾经发誓永远也不会说的事——上帝曾在大火那晚降临到他身边。他为什么要说出来？因为他想给予那个一直在疯狂击打母亲那块标志牌的可怜孩子一些东西。他告诉了这个男孩又有什么关系呢？汤米不太确定。但汤米感觉他出卖了自己，他说出了永不会说的事，也就使自己无法得到原谅。这的确让他恐惧。所以你相信那个？皮特·巴顿这么问他。

他感到十分不自在。

他悄声说："上帝啊，我都做了什么？"他表现出真的在询问上帝的样子。接着他又说："你在哪里，上帝？"但车子无动于衷，带着一丝皮特·巴顿留下的气息，一路轰鸣。

他比平时开得快一些。成片的大豆田、玉米地和棕色土地从车边掠过,他只能勉强看清。

回到家,谢莉正坐在前门台阶上。她的眼镜在阳光下闪闪发亮,他开上狭窄的车道时,她朝他挥手。"谢莉,"他一下车就叫她,"谢莉。"她扶着栏杆从台阶上站起来,一脸担忧地向他走去。"谢莉,"他说,"我得告诉你一件事。"

在他们狭小的厨房里,他们在那张小案桌旁坐下。一个细高的玻璃水杯里插着芍药花蕾,谢莉把它推到一旁。汤米把早上在巴顿家发生的事告诉了她,她不停摇着头,用手背把鼻子上的眼镜往上推。"噢,汤米,"她说,"噢,那个可怜的孩子。"

"事情就是这样的,谢莉。不仅仅如此。我还要告诉你另一件事。"

汤米看着他的妻子——她眼镜后面的蓝眼睛,这些天变得有些黯淡了,但白内障手术也留下了微小而明亮的部分——接着他告诉她,像他告诉皮特·巴顿时那样详细,大火那晚他是怎样感受到上帝亲临的。"但现在我觉得这一定是幻想,"汤米说,"这不可能发生,都是我编的。"他摊开双手,摇着头说。

他的妻子注视了他一会儿。他看见她在注视自己,看见她的眼睛一点点睁大,眼角流露出一片柔情。她身子前倾,握住他的手说:"可是汤米,为什么这不可能发生呢?为什么你所认为的那天夜里发生的事就不能是真的呢?"

于是汤米明白了:他终其一生对她隐瞒的事,其实在她看来并没什么大不了,而现在他要对她隐瞒的——他的怀疑(他忽然相信上帝从来没有来过他身边)——成了一个新的秘密,取代了最初的那个秘密。他把手从她手中抽走。"或许你是对的。"他说。他又加了一句无关紧要的话,但是句实话——他说:"我爱你,谢莉。"随即他抬头望向天花板,有那么一会儿他没法直视她。

风车

几年前，当早晨的阳光洒进卧室，帕蒂·奈斯利已经打开了电视，阳光让人无法从某些角度看清屏幕上的画面。帕蒂的丈夫塞巴斯蒂安那时还在世，她正忙着准备去上班。早些时候，她一直在确认他能否应付这一天。那时他刚生病，她不确定——他们都不确定——最终会是什么结果。电视上像往常一样在播放晨间节目，帕蒂在卧室里走来走去，偶尔看上两眼。她正把一只珍珠耳环穿进耳垂，这时听见女主持人说："稍后我们将请到露西·巴顿。"

帕蒂朝电视走过去，眯起眼看着，几分钟后露西·巴顿——她写了本小说——出现了，帕蒂喊了声："噢，我的天啊。"她走到卧室门口叫道："西比？"塞巴斯蒂安走进卧室，帕蒂说："噢，亲爱的，噢，西比。"她帮他在床上躺好，抚摸着他的额头。她如今想起这件事——露西·巴顿上过电视——是因为她当时给塞巴斯蒂安讲了这个女人的事。露西·巴顿出身极为贫寒,就在附近伊利诺伊州的阿姆加什。"我不认识他们,因为我是在汉斯顿上的学,但人们谈到他们家孩子时总会说,喔,一群虱子!接着便跑开。"她向丈夫解释说。帕蒂知道这些是因为:露西的母亲以前给人做衣服,帕蒂的母亲曾经找她做裁缝。有几次,帕蒂的母亲带帕蒂和她的姐妹们去过露西·巴顿家。巴顿家很小,而且散发着一股臭味!但看看现在的露西·巴顿:喔,她已经成为一名作家,住在纽约。帕蒂说:"看啊亲爱的,她好漂亮。"

塞巴斯蒂安来了兴趣。这个故事他听得津津有味,她都看在眼里。几分钟之后他问了几个问题,比如,露西看上去是不是和她的兄弟姐妹们不一样?帕蒂说她不知道,她不认识他们中的任何一个,真的。但是,有件事很奇怪:露西的父母曾经被邀请参加帕蒂的大姐琳达的婚礼,帕蒂一直不理解这件事,她想象不出露西的父亲怎么会有一套正装,他们为什么会去参加她姐姐的婚礼。塞巴斯蒂安说,也许你母亲在那个时候找不到别人说话,帕蒂意识到他完全说对了。发现了事情的真相,帕蒂的脸变得红通通的。甜心,塞巴斯蒂安说边去拉她的手。

几个月后,塞巴斯蒂安去世了。他们将近四十岁时才认识,只在一起度过了八年。没有孩子。帕蒂从没见过比他更好的男人。

*

今天她开车时，把车里的空调开得很大。帕蒂身体超重，因而很怕热，而现在已经是五月末了，天气很好——所有人都在说天气很好——但对帕蒂而言，实在是有点太暖和了。她驶过一片田，玉米还只有几英寸[1]高，另一片田里大豆绿油油的，紧贴着地面。接着她穿过镇子，在街上拐来拐去，有些房子的门廊边，芍药正在怒放——帕蒂喜欢芍药——之后她开到了学校，她是高中部的一名辅导员。她把车停好，在后视镜里检查了下嘴唇上的口红，用手把头发抓得蓬松些，费力地从车里钻出来。停车场那头，安吉丽娜·芒福德正在下车，她是教公民课的初中部老师，丈夫最近离开了她。帕蒂朝她使劲挥了挥手，安吉丽娜也挥手回应。

帕蒂的办公室里有很多文件夹，还有一堆装在小相框里的外甥和外甥女的照片，加上一些大学的小册子，这些都整齐地摆放在她的档案柜上方和桌子上。

---

[1] 1英寸=2.54厘米。

日程簿也放在桌上。莉拉·莱恩错过了昨天的约谈。有人敲门——门是开着的——一个高个子漂亮女生站在那里。"进来，"帕蒂说，"是莉拉吗？"

不安感和女孩一起走进了办公室。她没精打采地坐在椅子上，看向帕蒂的眼神让帕蒂感到害怕。女孩留着金黄色的长发，当她伸手把头发撩起来搭到肩膀另一侧时，帕蒂看见了贯穿她手腕的文身——就像一道小小的铁丝护栏。帕蒂说："莉拉·莱恩，很美的名字。"女孩说："本来是要用我姨妈的名字的，但最后关头我妈说，见她的鬼去吧。"

帕蒂拿起试卷，在桌子上摞齐。

女孩坐直身子，出其不意地说："她是个婊子。她觉得自己比我们任何人都强。我甚至都没见过她。"

"你从没见过你姨妈？"

"没有。她父亲，也就是我母亲的父亲死后，她回来过这里，之后又走了，我从来没见过她。她住在纽约，她觉得自己拉的屎都是香的。"

"噢，让我们看看你的分数吧。分数挺高的。"帕蒂向来不喜欢她的学生说粗话，她觉得很无礼。她朝女孩望过去，又转头看着试卷。"你的总体成绩也不错。"帕蒂补充道。

"我没上三年级。我跳级了。"女孩没好气地说，但帕蒂似乎听出了她语气里的骄傲。

帕蒂说:"你很棒。这么说的话,我猜你一直是个好学生。他们不会无缘无故允许你跳级的。"她愉快地朝那个女孩扬起眉毛,但莉拉正在四下打量她的办公室,仔细地研究那些小册子和帕蒂的外甥及外甥女们的照片,最后她的目光在墙上的一幅海报上停留了很久。海报中一只小猫正悬在一根树枝上,猫的下方用印刷体印着"坚持住"几个字。

莉拉回头看着帕蒂。"什么?"她说。

"我说,他们不会无缘无故允许你跳级。"帕蒂重复。

"他们当然不会。老天爷。"女孩把她的一双长腿挪了个方向,但她仍旧瘫坐着。

"好吧。"帕蒂点点头,"那你将来怎么打算?你的成绩很好,分数都不错——"

"这些是你的孩子吗?"女孩眯起眼,手一挥指着照片问。

"他们是我的外甥和外甥女。"帕蒂说。

"我知道你没有孩子,"女孩坏笑着说,"你怎么会没有孩子呢?"

帕蒂的脸微微一红。"就是没有罢了。现在来聊聊你的前途吧。"

"因为你从来没跟你丈夫做过?"女孩大笑着说,露出一口坏牙,"你知道,大家都这么说。胖子帕蒂从来没跟她丈夫伊戈尔做过,从来没跟任何人做过。人们说你还是个处女。"

帕蒂把试卷平放在桌子上。她感觉脸火辣辣地烧着。有一瞬间,她的视线模糊了,她听见墙上挂钟的嘀嗒声。即使在最疯狂的梦中,她也不曾预料到即将从自己嘴里说出来的话。她死死盯着女孩,她听见自己说:"马上从这儿滚出去,你这个脏东西。"

女孩似乎吃了一惊,但很快又说:"嘿,哇哦。他们说对了。噢,我的天啊!"她捂着嘴,发出一阵愈加持久而深沉的笑声,帕蒂感觉那笑都要从她的嘴里溢出来了,就像恐怖电影里某种生物吐出的胆汁。"对不起,"过了一会儿女孩说,"对不起。"

不知怎的,帕蒂突然知道了这个女孩是谁。"你姨妈是露西·巴顿。"帕蒂说。她又添了一句:"你看起来很像她。"

女孩站起来走出了房间。

帕蒂关上办公室的门,打电话给姐姐琳达,琳达住在芝加哥郊外。汗水润湿了帕蒂的脸,她觉得腋窝也被汗弄得黏糊糊的。

她姐姐接起电话，说："琳达·彼德森-科内尔。"

"是我。"帕蒂说。

"我猜到了。电话上显示的是你的学校。"

"噢，那你怎么会——听着，琳达。"她告诉了姐姐刚刚发生的事。帕蒂说得很急，没提她对女孩说的那句话。"你敢相信吗？"她最后说。她听见姐姐叹了口气。过了一会儿，琳达说她永远也想不通帕蒂是怎么做到天天和青少年打交道的。帕蒂回答说她没领会重点。

琳达说："不，我不是没领会。重点就是莉拉·莱恩、露西·巴顿，莉拉这个，露西那个，但谁在乎她们呢？"短暂的沉默后，琳达接着说："说真的，帕蒂，露西·巴顿的外甥女这么浑蛋，这一点儿也不意外，我是认真的。"

"你为什么这么说？"

"没有为什么。你不记得他们了吗？他们就是人渣，帕蒂。上帝啊，我刚想起来他们有个——什么来着？表兄弟，我想是吧？那个男孩叫艾贝尔。上帝啊，他可真了不得。他有次站在查特温蛋糕铺后面的垃圾箱里翻垃圾，想找些吃的。他有那么饿吗？他为什么要那样？而且我记得他这么做时一点儿也没觉得不好意思。我记得露西那时跟他在一块儿。那让我浑身发抖。坦白说，我现在想到还是会发抖。他妹妹叫多蒂，一个皮包骨头的女孩。多蒂·布莱恩和艾贝尔·布莱恩。我还记得他们，这有点不可思议。但我怎么会忘呢？我之前从没见过有人在垃圾箱里找吃的。他还是个帅气的男孩子。"

"天啊。"帕蒂说。她脸上的热度开始消退。她问："露西的父母不是去参加过你的婚礼吗？你第一次结婚的时候。"

"我不记得了。"琳达说。

"你明明记得。他们怎么会去参加你的婚礼？"

"因为她邀请了他们，这样才有人跟她说话。看在上帝的分儿上，帕蒂，忘了这些吧。我已经忘了。"

帕蒂说："行吧，也许你忘了，但你还保留着他的姓。彼德森。你们结婚才一年。"

琳达说："我到底为什么要把姓改回奈斯利？我无法理解你干吗一直留着。奈斯利家的小美人儿。被别人叫作奈斯利家的小美人儿，这太可怕了。"

帕蒂心想：这并不可怕。

琳达接着说："你最近去看我们那位还没升天的母亲了吗？她这些日子又干什么傻事了？"

帕蒂说："我打算下午去那儿看看。有些天没去了。我得确保她一直在坚持吃药。"

"我才不关心她吃没吃呢。"琳达说。帕蒂说她知道这一点。

帕蒂又说:"你心情不好吗,还是怎么了?"

"不,没有。"琳达说。

*

这天是星期五,下午在镇子上,帕蒂拿着工资支票去了趟银行,走在人行道上的时候,她往书店里看了一眼,瞅见了——就摆在展台正前方——露西·巴顿的一本新书。"我的天啊。"帕蒂说。查理·麦考利在书店里,帕蒂看到他后差点走了出去,因为他是除了塞巴斯蒂安之外她唯一爱的男人。她真的爱他。她并不是特别了解他,但她喜欢他很多年了,小镇上的人都是这样,互相认识但也互相不了解。在西比的葬礼上,当她转头看见他独自坐在后排,她立刻——立刻——神魂颠倒地爱上了他,自那以后她就一直爱着他。他带着他的孙子,小男孩在上小学,当查理抬头看见帕蒂时,他的面容舒展了,点了点头。"嗨,查理。"她说。随后她问了店主露西·巴顿新书的事。

是一本回忆录。

回忆录？帕蒂拿起书翻了翻，但查理离得这么近，她一个字也没看进去。帕蒂拿着书去收银台结账。她出门时瞥了查理一眼，他冲她挥挥手。查理·麦考利老得够当她父亲了，不过如果她父亲还在世的话，他应该比她父亲年轻些。但查理至少比帕蒂大二十岁，他年轻时参加过越南战争。帕蒂说不清她是怎么知道这些的。他的妻子相貌平平，而且骨瘦如柴。

帕蒂的房子和镇中心隔着几条街。房子不大，但也不小，是她和西比合伙买的，有一个前门廊和一个小小的侧门廊。侧门廊边上种的芍药花头硕大，还有一些鸢尾也开花了。透过厨房的窗户能看见那些鸢尾，她从橱柜里拿出一盒饼干——是尼拉牌威化饼干，还剩半盒——接着走进起居室，坐下来一块接一块地吃掉。之后她又回到厨房，喝了一杯牛奶。她打电话给母亲，说她大概一小时后过去，她母亲说："噢，好呀。"

楼上，阳光透过窗户洒进走廊里。地板上到处都是结成小团的灰尘。"天哪。"帕蒂说。她坐在床上，说了好几遍。"噢，天哪，噢，天哪。"

到汉斯顿镇的车程是二十英里，帕蒂开车经过田野时，阳光依旧耀眼。有些田里种着玉米幼苗，有些田地是棕色的，还有一块田在她驶过时正在翻耕。随后她来到了风力涡轮机所在的地方，地平线上排列着一百多台，这些巨大的白色风车近十年前就竖立在这片土地上了。它们令帕蒂着迷，一直如此，它们白色的、长长的胳膊以同样的速度搅动着空气，然而却并不同步。她想起眼下的一起诉讼，经常有这类案子——关于风车对鸟类、鹿和农田的危害，但帕蒂喜欢这些白色的大家伙，它们细长的臂杆以略显古怪的动作对抗着天空，产生能源——很快它们落在了她身后，眼前再次只剩种满玉米幼苗和油亮大豆的农田。就是在这些玉米地里——在它们茎叶繁茂的夏季——在她十五岁时，她让男孩们压在她的身上，他们的嘴唇肥大，充满弹性，他们的家伙在裤子里鼓起，她喘息着，把脖子露出来让他们亲吻，在他们身上摩擦，但——是真的吗？——她无法忍受，她无法忍受，她无法忍受。

帕蒂开进镇子，这里自她长大之后就几乎没什么变化。样式过时的黑色街灯，灯泡装在顶部的灯箱里。还有那两家餐厅、礼品店、投资公司、服装店——都有着同样的绿色雨篷和黑白招牌。要去母亲的住处，她必须经过童年时期的那个家，一座漂亮的红房子，有黑色的百叶窗和一条宽敞的门廊，上面挂着一架秋千椅。很小的时候，帕蒂和母亲在秋千椅上一坐就是好几个小时，她蜷缩在母亲肚子边，弄皱了母亲的连衣裙，头顶上方传来母亲的笑声。她的父亲在那座房子里一直住到去世，就在西比去世的前一年。现在的房主是儿女众多的一大家子，帕蒂每次开车经过时，总是扭头看另一个方向。穿过镇子再开一英里，就到了母亲的小白房子。帕蒂开上车道时，看见母亲透过前门的帘子盯着外面，接着，帕蒂打开侧门进屋，听见她的拐杖重重地敲在地板上。帕蒂长大了多少，母亲就变小了多少，这是她如今每次见到母亲时的想法。"嘿。"帕蒂俯身亲吻母亲脸旁的空气。她站直身子说："我买了些吃的给你。"

"我不要吃的。"母亲穿着一件毛巾布睡袍，她拉了一下睡袍带。

帕蒂拆开烘肉卷、凉拌生菜丝和土豆泥，把它们放进冰箱。"你得吃点东西。"帕蒂说。

"我一个人坐着就什么也不想吃。你能留下来陪我吃吗？"母亲透过她硕大的眼镜抬头看着她，眼镜已经从鼻梁上滑下来了一点。"求你了。"帕蒂快速地闭了下眼睛，点了点头。

帕蒂布置餐桌时，母亲坐在椅子里，两腿在睡袍下叉开，她抬头看着帕蒂。"见到你真是好极了。我好久没见你了。"

"三天前我刚来过这里。"帕蒂说。她朝案台转过身去,母亲稀疏的头发——头皮清晰可见——停留在她的思绪中,她感到自己崩溃了。回到餐桌边,她拉过一把椅子,说道:"我们得谈谈你去'金树叶'福利院的事。还记得我们谈过这事儿吗?"母亲的脸上似乎显出了困惑,她缓缓摇头。"你今天穿好衣服了吗?"帕蒂问。

她母亲低头看着腿上的睡袍,又抬头看看帕蒂。"没有。"她说。

*

在圣路易斯的一次会议上,帕蒂认识了她的丈夫。会议讨论的是如何解决低收入家庭孩子的相关问题,但塞巴斯蒂安与此无关。他的宾馆房间挨着帕蒂的,他来参加的是另一场会议,他是一名机械工程师。"又见面啦!"他们走出各自的房间时帕蒂说。晚上他俩各自回房时她就见过他了。他是个什么样的人她还无法确定,但他让她感觉十分舒服。她当时因为服用抗抑郁药物已经开始发胖,她先前在距自己的婚期仅仅几周时,中止了那场婚礼。最初的几次交谈,塞巴斯蒂安甚至都不看她。但他是个英俊的男人，瘦高，面庞瘦削，头发偏向一边。他的眉毛很粗，像在额头上连成了一条线，双眼凹陷在眉骨下方。她就是喜欢他。会议结束时，她要到了他的邮箱地址，她永远不会忘记他们之间的邮件往来。短短几周内他写道：如果我们要做朋友的话，帕蒂，有些关于我的事应该让你知道。几天之后他又写道：我遇到过一些事。可怕的事。它们让我和其他人不一样。他住在密苏里州，她写信让他来伊利诺伊州的卡莱尔时他同意了，这让她很意外。自那之后，他们就在一起了。她怎么会知道——她从不知道——他小时候曾一次又一次地被继父玩弄？塞巴斯蒂安很难忍受和别人相处，但一开始他就看着她，详细地告诉了她自己经历的事，他对她说，帕蒂，我爱你，但我做不了。我就是做不了那个，我希望我可以。她说："没关系，我也忍受不了那个。"

在他们的婚床上，他们手牵着手，但从未更进一步。尤其在头几年里，他经常做可怕的梦，他会踢被子并发出尖叫，声音骇人。她注意到，每当这时他都很亢奋，而她总是确保只触碰他的肩膀，直到他平静下来。然后她替他擦拭额头。"没事的，亲爱的。"她总是说。他则盯着天花板，双手握拳。谢谢你，他

43

说。他转过脸看她，谢谢你，帕蒂，他说。

"告诉我，告诉我。跟我说说。你怎么样？"她母亲把一叉子烘肉卷塞到嘴里。

"我挺好的。明天晚上我要去看安吉丽娜。她丈夫把她甩了。"帕蒂把土豆泥抹在烘肉卷上，再把黄油涂在土豆泥上。

"我不知道你在说谁。"她母亲把叉子放在餐桌上，疑惑地看着她。

"安吉丽娜，芒福德家的女孩之一。"

"哈。"她母亲缓缓点着头，"噢，我知道了。她的母亲是玛丽·芒福德。肯定是。她这人不怎么样。"

"谁不怎么样？安吉丽娜是个很好的人。我一直觉得她母亲很和善。"

"喔，她是挺和善。她只是不怎么样。我记得她是密西西比人。她嫁给了那个芒福德家的男孩，他很有钱，之后她就有了那几个姑娘和一大堆钱。"

帕蒂张开嘴。她想问母亲还记不记得，玛丽·芒福德几年前离开了那个有钱的丈夫，在七十多岁的时候，母亲还记得吗？但帕蒂不会问的。她不会告诉母亲她和安吉丽娜成为朋友的原因：她们的母亲都离开了。

"我想杀了他,"塞巴斯蒂安曾对帕蒂说,"我真的想杀了他。""你当然会这么想。"她说。"我还想杀了我母亲。"他说。帕蒂说:"你当然会这么想。"

帕蒂四下打量着母亲的小厨房。厨房里一尘不染,这都是奥尔加的功劳,她是个比帕蒂年长的女人,每周过来两次。她身旁的桌子是油布面的,边角已经开裂,蓝色的窗帘严重褪色。从帕蒂坐着的地方,顺着走廊到起居室的角落,能看见那张蓝色的豆袋椅,这么多年过去了,她母亲一直不让扔。

她母亲正在念叨过去的事——这些天来她经常这样。"俱乐部里跳的那些舞,我的天啊,多有意思。"她顿了顿,难以置信地摇着头。

帕蒂又在土豆上放了厚厚的一块黄油,她吃掉土豆,把盘子推到一边。"露西·巴顿写了一本回忆录。"她说。

她母亲说:"你说什么?"帕蒂又重复了一遍。

"我现在想起来了,"她母亲说,"他们之前住在一间车库里,后来那个老男人死了——是个什么亲戚,我不知道——他们搬到了房子里。"

"一间车库?我记得去过的地方就是那儿?一间车库?"

她母亲沉默片刻后说道:"我不知道,我不记得了,但她非常便宜,所以我雇了她。她干得特别出色,而且几乎不收一个子儿。"又过了好一阵子,她母亲又说:"几年前我在电视上看到过露西。大人物啊。她写了本书什么的,住在纽约。大摇大摆的,派头挺足。"

帕蒂不安地深吸了一口气。她母亲伸手去够凉拌生菜丝,睡袍敞开了一点点,帕蒂看见了——一闪而过——睡袍下面干瘪的小乳房。几分钟后帕蒂站起身,把桌子收拾干净,飞快地洗完盘子。"我们来检查一下你的药。"她说。她母亲鄙夷地挥了挥一只手。帕蒂走进卧室,找到装着每日固定剂量的药盒,她发现从她上次来之后,母亲就没吃过一片药。帕蒂把药盒拿到母亲面前,又解释了一遍每一片药的重要性,她母亲说:"好吧。"她服下帕蒂递给她的药片。"你需要吃这些药,"帕蒂告诉她,"你总不想中风吧?"至于延缓痴呆的药,她提都没提。

"我才不会中风。中风个鬼。"

"行,回头见吧。"

"你长得最漂亮了,"她母亲站在门口说,"可惜那些能让你开心的药令你发胖了,真糟糕,但你还是很漂亮。你确定你真的要走了吗?"

帕蒂沿着车道朝她的车走去,她大声说了一句:"噢,我的天啊。"

*

太阳刚落山,帕蒂离家还有一半路程的时候——已经路过了风车——满月正从天边升起。她父亲死的那天晚上也是满月,在帕蒂心里,每当月圆之时,她都感觉父亲正在看着她。她的手指在方向盘上摇了摇,当作和他打招呼。爱你,爸爸,她轻声说。她也是在对西比说,某种程度上,他们在她心里合二为一。他们在上面看着她,她知道月亮不过是一块岩石——岩石!但看到满月总让她感觉她的男人们就在那里,就在上面。等着我,她轻声说。因为她知道——她几乎可以确定——等她死了,她会和父亲还有西比团聚。谢谢你,她轻声说。因为她父亲刚刚告诉她,她能照顾母亲真是太好了。他现在这么宽容,是死亡改变了他。

回到家,她走时留着的灯光让房子显得很温馨。让灯一直亮着,这是她在独居生活中学到的许多事情之一。然而,当她放下皮包,穿过起居室时,一种可怕的感觉袭来。她度过了糟糕的一天。莉拉·莱恩让她大受震动，假如这个女孩举报她，告诉校长帕蒂骂自己是脏东西怎么办？她做得出来，莉拉·莱恩。她很擅长这一套。帕蒂的姐姐帮不上忙，打电话给另一个姐姐也没有意义，她住在洛杉矶，她们从来都聊不到一起，她的母亲——噢，她的母亲……

"胖子帕蒂。"帕蒂大声说出这几个字。

帕蒂在沙发上坐下，环顾四周。这座房子看上去有点陌生，而她已经明白，这是个不祥之兆。她的嘴里还有烘肉卷的味道。"胖子帕蒂，准备去睡觉吧。"她大声说着，站起身，用牙线剔牙，接着刷牙洗脸。她抹上面霜，这让她感觉稍微好了点。翻皮包找手机的时候，她看到了之前塞进去的露西·巴顿的那本小书。她坐下来端详着封面。封面上是黄昏时的都市建筑，灯火辉煌。接着，她开始读起来。"天啊，"看了几页后她说，"我的天啊。"

*

第二天早上，星期六，帕蒂用吸尘器把楼上楼下打扫了一遍，换了新床单，洗了衣服，仔细检查了邮箱，把商品目录和广告传单都扔了出去。然后帕蒂进城买了些杂货，还买了一些花。她已经很久没有给家里买过花了。整整一天，她都感觉嘴里塞了一块黄色的糖果，也许是奶油硬糖，她知道这份隐秘的甜蜜来自露西·巴顿的回忆录。帕蒂不时地摇着头，响亮地发出一声"哈"。

下午她给母亲打电话，是奥尔加接的。帕蒂问她能不能每天都来，而不是一周来两天，奥尔加说她要考虑一下，帕蒂说自己能理解。然后帕蒂请她让母亲接电话。"谁啊？"母亲问。帕蒂说："是我，帕蒂，你女儿。我爱你，妈妈。"

她母亲立刻说："噢，我也爱你。"

这之后，帕蒂不得不躺下。她说不上来她上次告诉母亲她爱她是什么时候了。小时候她经常这么说，甚至在母亲同意帕蒂不用再参加女童子军的那个早上可能也说过。当时帕蒂刚上高中，她母亲说："噢，帕蒂，没事的，你已经长大了，可以自己决定。"母亲站在厨房里，把装在纸袋里的午餐递给她，那才是她，帕蒂的母亲。当天中午，帕蒂因为痛经——帕蒂曾有严重的痛经——从学校回到家，她听见父母的卧室里传来最骇人的声音。她的母亲在哭泣、喘息、尖叫，还有拍打皮肤的声音，帕蒂跑上楼，看见母亲正骑在德莱尼先生——帕蒂的西班牙语老师身上，母亲的乳房晃来晃去，那个男人拍着她母亲的屁股，他

49

的嘴伸上去含住她母亲的乳房,她的母亲哀号着。帕蒂永远忘不了她母亲的眼神,那么疯狂。她母亲无法抑制地哭喊,这就是帕蒂看见的,母亲的乳房和母亲看她的眼神——但母亲却无法阻止从自己口中发出的声音。

帕蒂转身跑进了自己的卧室。几分钟后,她听见德莱尼先生下楼的脚步声,母亲走进她的房间,裹着一件家居袍,说道:"帕蒂,我向上帝发誓,你绝不能告诉任何人,等你长大一点,你会明白的。"

帕蒂想象不到她母亲的乳房有那么大,她看见它们无拘无束地在那个男人上方晃荡。

几天之内,曾经宁静平凡的家庭发生了如此可怕的事,帕蒂甚至从未想过会发生这种事。事实上,帕蒂没有告诉任何人她看到了什么,她不知道该如何措辞,但她再也没有去上德莱尼先生的课,后来——噢,这太突然了!——母亲在一次告解时爆发了,之后她搬进了镇上的一间小公寓里。帕蒂只去看过她一次,公寓的角落里有一把蓝色的豆袋椅。整个镇子都在谈论她母亲和德莱尼先生的韵事,对于帕蒂,她感觉像是自己的头被砍掉了,正在远离她的身体。这感觉真的极为怪异,而且持续不断。她和姐姐们看着父亲哭泣。她们看着他咒骂，变得神情冷漠。他之前从来不是这样，他不哭，不咒骂，神情也不冷漠。而他就变成了这样的人，这个家不复存在了——就好像他们不过是无辜地坐在湖上的一艘小船里——变成了从未想象过的样子。镇子上议论不休。作为家里最小的孩子，帕蒂只得忍受最漫长的等待，直到一切过去。到圣诞节的时候，德莱尼先生已经离开了镇子，留下帕蒂母亲一人。

当帕蒂开始和班上的男生去玉米地，甚至在很久之后，当她有了真正的男朋友，她和他们干那事的时候，她母亲的形象总是浮现出来，没穿上衣，没戴胸罩，乳房晃来晃去，那个男人抓住一只放到嘴里——不，帕蒂无法忍受这一切。她自己的兴奋感带来的，永远是痛苦而可怕的羞耻。

*

安吉丽娜还是那么苗条，看着很年轻，虽然她比帕蒂还要大几岁。但当帕蒂在"萨姆家"餐厅的镜子里瞥见她们俩，她觉得自己看上去更年轻——安吉丽娜则略显憔悴。帕蒂正要告诉安吉丽娜有关露西·巴顿出书的事，但她们刚坐下来，安吉丽娜的绿眼睛中就泪水涟涟，帕蒂越过桌子抚摸着朋友的手。安吉丽娜举起一根手指，过了一会儿她才开口。"我简直恨死他们俩了。"安吉丽娜说，帕蒂说她都懂。"他对我说，'你爱上你母亲了'，我惊讶极了，帕蒂，我就那么盯着他——"

"天啊。"帕蒂叹了口气，靠坐在椅子上。

几年前，安吉丽娜的母亲在七十四岁的时候，离开了镇子——离开了她丈夫——去意大利嫁给了一个比她小将近二十岁的人。这件事让帕蒂十分同情安吉丽娜。但她现在想说：听听这个！露西·巴顿的母亲对她非常差，她父亲——噢，上帝啊，她父亲……但露西爱他们，她爱她母亲，她母亲也爱她！我们都是一团糟，安吉丽娜，我们拼尽所能，爱得不完美，安吉丽娜，但这没关系。

帕蒂一直迫切地想把这些告诉她的朋友，但此时她感觉这些话听起来是那么无谓——简直是愚蠢。于是帕蒂听安吉丽娜说起她的孩子们，他们在上高中，即将离开家远走高飞，听她说起她母亲在意大利，给所有女儿们——安吉丽娜有四个姐妹——写电子邮件，而安吉丽娜是其中唯一一个没去看过母亲的，但她正在考虑这件事，也许她今年夏天会去。

"噢，去吧，"帕蒂说，"一定要去。我觉得你应该去。我是说,她老了,安吉丽娜。"

"我知道。"

帕蒂意识到安吉丽娜很想聊她自己的事,不过这并没有令帕蒂困扰,她只是注意到了而已。她也能理解。她明白,每个人大多数时候都只对自己感兴趣。也有例外,西比就对她感兴趣,她对他也怀有强烈的兴趣。这份对与你共度一生之人的爱,是一层保护你不受外界伤害的皮肤。

过了一会儿,喝到第二杯白葡萄酒时,帕蒂跟安吉丽娜说了莉拉·莱恩的事,但她只说了"胖子帕蒂"的部分,以及他们都认为她是个处女。接着她说:"你知道,露西·巴顿写了——"

"噢,看在上帝的分儿上,"安吉丽娜说,"你还是这么漂亮,帕蒂,千真万确,别听那种鬼话,没人那么说你,帕蒂。"

"有可能说过。"

"我从没听过,我可是整天听小孩们说话的。帕蒂,你还会遇到别的男人的。你很美,真的。"

"查理·麦考利是唯一让我感兴趣的男人。"帕蒂说。酒后吐真言。

"他老了,帕蒂!你知道,他这人不正常。"

"哪方面不正常?"

"我是说,他以前参加过越南战争,而且他——你知道的,他有严重的创伤后应激障碍。"

"真的吗?"

安吉丽娜微微耸了耸肩。"我听说的。我不知道是谁说的,但很多年前我就听说了。我不知道,真的。他妻子——唔,你有机会,帕蒂。"

帕蒂笑了。"他妻子看上去人很好。"

"噢,得了吧,她是个整天提心吊胆的老家伙。我是认真的,去跟查理兜兜风吧。"

帕蒂觉得要是自己什么都没说就好了。

但安吉丽娜似乎没注意到。她只想谈论自己——还有她丈夫。"那天晚上我在电话里直接问他,你要开始走离婚程序了吗?他说不,他不想那么做。我就不问了。我不懂他既然要走,为什么又不想离婚。噢,帕蒂!"

在停车场,安吉丽娜用双臂环住帕蒂,她们拥抱了一会儿,紧紧地搂在一起。"我爱你。"帕蒂上车后安吉丽娜喊道。帕蒂说:"我也爱你。"

帕蒂小心地开着车。白葡萄酒让她情绪敏感,虽然服用抗抑郁药期间不应该喝酒。此时她感到思绪开阔,很多事在脑海中交错。她想起塞巴斯蒂安,想知道是否有人在他告诉她之前,就知道了那些她不知道的事——那些发生在他身上的不可言说的事。她现在怀疑事情早已暴露。早已暴露,肯定的。她想起有一天在服装店里,她和塞巴斯蒂安正要离开,听见一个年轻的店员对另一个店员说:"她就像养了一条狗一样。"

在露西·巴顿的回忆录里,露西写道,人们总是希望感觉高人一等,帕蒂觉得正是如此。

今晚,月亮几乎跟在帕蒂身后,她从后视镜里看到它,冲它眨了眨眼。她想起了姐姐琳达。琳达说她不明白帕蒂怎么能忍受和青少年打交道的工作。帕蒂开着车,摇了摇头。好吧,那是因为琳达从来就不懂。除了塞巴斯蒂安没有人懂。西比死后,帕蒂去看过心理治疗师。她本来打算告诉这个女人,但这个女人穿了一件海军蓝的夹克,坐在一张大书桌后面,她问帕蒂对父母离婚有什么感受。很糟,帕蒂说。帕蒂不知道怎样才能找个理由不去见这位心理治疗师,最后她说了谎,说她付不起钱了。

此时,当帕蒂开进家里的车道,看见她走时留下的灯光,她意识到露西·巴顿的书理解了她。就是这样——那本书理解了她。黄色糖果的甜味还留在她的口中。露西·巴顿也有自己的羞耻,噢,那是怎样的

55

羞耻啊。而她很快就从中挣脱了。"呵。"帕蒂说，一边熄灭引擎。她在车里坐了片刻，然后下车进了屋。

*

星期一早上，帕蒂给班主任留了一张便条，让莉拉·莱恩去她的办公室，但当女孩在下一节课出现时，她还是吃了一惊。"莉拉，"帕蒂说，"进来。"

女孩走进帕蒂的办公室，帕蒂说："坐吧。"女孩警惕地看着她，但立刻开口说："我打赌你想让我道歉。"

"不，"帕蒂说，"不是。我今天让你来，是因为上次你在这儿的时候，我骂你是脏东西。"

女孩一脸困惑。

帕蒂说："你上周在这里的时候，我骂你是脏东西。"

"你骂了吗？"女孩问。她缓缓坐下。

"我骂了。"

"我不记得了。"女孩不是在怄气。

"在你问我为什么没有孩子，说我还是个处女并叫我'胖子帕蒂'之后，我骂你是个脏东西。"

女孩狐疑地盯着她。

"你不是脏东西。"帕蒂停了停,女孩等着,帕蒂接着说,"我在汉斯顿长大的时候,我父亲是一座饲用玉米农场的经理,我们有很多钱。衣食无忧,可以这么说。我们的钱够多了。我实在没必要骂你——骂任何人——是脏东西。"

女孩耸耸肩。"我确实是。"

"不,你不是。"

"噢,我猜你当时是生气了。"

"我当然生气了。你对我真的很粗鲁。但那并不意味着我可以说那种话。"

女孩看上去很疲惫,她的眼睛下面有黑眼圈。"我不会被这个困扰,"她说,"如果我是你,我就不会再想这件事了。"

"听着,"帕蒂说,"你的分数很高,成绩优异。只要你想,你就可以去上大学。你想去吗?"

女孩流露出些许惊讶。她耸耸肩。"我不知道。"

"我丈夫,"帕蒂说,"他觉得自己是个脏东西。"

女孩看着她,过了一会儿说:"他真这么想?"

"是的。因为他身上发生过的事。"

女孩用那双忧伤的大眼睛看着帕蒂。最后她长叹一声。"噢,天啊,"她说,"好吧。我很抱歉说了关于你的那些蠢话。你的那些事。"

帕蒂说："你才十六岁。"

"十五岁。"

"你才十五岁。我是个成年人，我才是那个做错事的人。"

帕蒂吃惊地发现，泪水开始从女孩的脸庞上滚落，她用手擦拭着。"我只是累了，"莉拉说，"我只是太累了。"

帕蒂起身关上办公室的门。"亲爱的，"她说，"听我说，甜心。我可以为你做点什么。我能让你进一所大学。有地方可以弄到钱。我说过，你的成绩很优秀。看到你的成绩单我都惊呆了，你的分数真的很高。我的成绩不如你，可我也上了大学，因为我父母出得起钱。但我也能让你进大学，你可以的。"

女孩头枕着胳膊趴在帕蒂的书桌上。她的肩膀颤抖着。过了几分钟，她抬起目光，脸上湿湿的，她说："对不起。每当有人对我好——上帝啊，我真受不了。"

"没事的。"帕蒂说。

"不，不是的。"女孩又哭了，出声地哭个不停。"噢，上帝啊。"她说，一边抹着脸。

帕蒂递给她一张纸巾。"没事的。我是说真的，一切都会好起来的。"

*

　　那天下午，艳阳当空，阳光泼洒在邮局的台阶上，帕蒂从上面走过。查理·麦考利正在邮局里。"嗨，帕蒂。"他说，点了点头。

　　"查理·麦考利，"她说，"这些日子在哪儿都能见到你。你好吗？"

　　"还活着。"他朝门口走去。

　　她检查了邮箱，把信件拿出来，然后意识到他已经走了。但她走出去时发现他正坐在台阶上，让她吃惊的是——尽管并不那么出乎意料——她挨着他坐了下来。"哇哦，"她说，"我这一坐下可能就起不来了。"台阶是水泥的，虽然有阳光洒下来，她透过裤子仍然感到一丝凉意。

　　查理耸耸肩。"那就别起来。我们就这么坐着吧。"

　　后来的很多年里，帕蒂都会在脑海中回味这件事，他们坐在台阶上，似乎置身于时间之外。街对面是五金店，再过去是一座蓝房子，下午的阳光照亮了房子的一侧。她想起了高大的白色风车。它们纤细的长臂全部转动起来，却从不同步，只是偶尔有两台风车会齐齐转动，它们的手臂在空中悬停于同一个位置。

　　最后，查理说："你最近还好吗，帕蒂？"

她说:"是的,我挺好。"她转向他。他的眼睛好像永远地退了回去,它们是那么深邃。

过了会儿查理说:"你是个中西部姑娘,所以你总说挺好的。但事情可能并不总是那么美好。"

她什么也没说,只是看着他。她看见他喉结正上方有一小片忘刮了,那儿有几根白胡子。

"你当然不用告诉我有什么不好的事,"他说,直直地看着前方,"我也肯定不会问。我只是想说,有时候,"他转而望向她的眼睛,她注意到他的眼睛是暗蓝色的,"有时候事情没那么好,一点儿也不好。事情并不总是美好的。"

她想说,哦,她渴望伸手触碰他的手。因为他说的正是他自己,她才想到了这个。哦,查理,她想说。但她安静地坐在他身边,一辆汽车从主街上开过,接着又是一辆。"露西·巴顿写了本回忆录。"帕蒂终于开了口。

"露西·巴顿。"查理盯着正前方,眯起眼睛。"巴顿家的孩子,天啊,那个可怜的男孩,最大的那个。"他轻轻摇了摇头。"老天爷。可怜的孩子们。我的老天爷。"他看着帕蒂,"我猜那是一本悲伤的书?"

"不是。至少我不这么认为。"帕蒂想了想。她说:"那本书让我感觉好多了,让我觉得没那么孤单了。"

查理摇摇头。"哦不。不，我们总是孤单的。"

他们在一种友善的沉默中坐了很久，阳光罩在他们身上。随后帕蒂说："我们并不总是孤单的。"

查理转头看着她。他什么也没说。

"我能问问你吗？"帕蒂说，"大家都觉得我丈夫很奇怪吗？"

查理顿了一会儿，似乎在考虑。"也许吧。在这里我总是最后一个知道别人在想什么的人。塞巴斯蒂安在我看来是个好人。很痛苦。他很痛苦。"

"嗯。是的。"帕蒂点点头。

查理说："对此我很遗憾。"

"我知道。"阳光明晃晃地洒在蓝房子上。

又过了很久，查理再次转过去看着她。他张开嘴好像要说什么，但随即摇了摇头，又一次闭上了嘴。帕蒂感觉——虽然并不知道他要说什么——她明白他要说的话。

她飞快地碰了一下他的胳膊，他们就这样坐在阳光下。

碎裂

当琳达·彼德森－科内尔见到那个将要在她家住上一个星期的女人时,她想:噢,就是她了。女人叫伊冯·塔特尔,带她来这座房子的是另一个参加摄影节的女人——凯伦－露西·托斯,琳达欢迎伊冯时,她安静地站在伊冯身边。伊冯很高,棕色的头发微微鬈曲,垂至肩部。她的脸可能在十年前非常漂亮。如今她眼睛下方的皱纹让那双蓝眼睛变得黯淡了,而作为一个显然年过四十的人——琳达五十五岁——伊冯的妆也化得太浓了。伊冯的凉鞋是软木坡跟的,这让她显得更高了。它们向琳达透露了一个事实:年轻时的伊冯很可能家境不佳。鞋子总是会出卖你。

在琳达和杰伊·彼德森－科内尔家的花园里,有两座出自亚历山大·考尔德之手的雕塑,都摆在巨大的碧蓝色游泳池那一侧。房子内部,起居室的墙上挂着两幅毕加索和一幅爱德华·霍普的画。通往会客区的坡面走廊尽头,还有一幅菲利普·加斯顿的早期画作。

"来吧。"琳达带路,那两个女人跟着她穿过走廊,转过一个拐角,再走过长长的玻璃板走道,最终到达客房。琳达冲女佣点点头,示意她离开,然后等伊冯开口。伊冯一直在四处打量,手里攥着滚轮行李箱的把手,关于房子她一句话也没说,对一个摄影师来说,即使不认识墙上的艺术品,这房子也值得评论一番。房子几年前翻新过,建筑师的设计颇具灵性。客房完全是玻璃的。

"门在哪儿?"伊冯终于开口。

"没有门。"琳达说。她本可以告诉伊冯,无须担心隐私问题,她和她丈夫住在前面的楼上,后花园里也没有其他房子可以俯瞰这里,但琳达没有说。她带伊冯看了看走廊另一头的浴室,浴室也没有门,呈V字形,没有浴帘,也没有隔间,喷头直接从墙上伸出来。地板是倾斜的,方便水流走。

"像这样的房子还真是头一回见。"伊冯说。琳达告诉她所有人都这么说。凯伦-露西·托斯一直安静地站在伊冯身边。她是夏季摄影节上最有名的摄影师,每年她都会参加。琳达知道,凯伦-露西问过能否让伊冯·塔特尔今年夏天教一门课,理事同意了,虽然伊冯的作品达不到摄影节通常的标准。但摄影节不想失去凯伦-露西：学生们爱她，她的作品赫赫有名，而凯伦-露西的丈夫三年前从劳德代尔堡喜来登酒店的楼顶跳了下去。琳达想，凯伦-露西·托斯在任何事上都会被原谅的，包括礼貌问题，因为当琳达对凯伦-露西说"我不认为你以前来过这栋房子"时，凯伦-露西——同样个子高挑，同样是棕色头发，琳达发现她俩就像一对亲姐妹——只是用她那极为浓重的亚拉巴马口音说了句："我没来过。"

之后，伊冯和凯伦-露西就离开了，琳达透过厨房的窗子看着她们沿路离开，看见她们专注地交谈，她确信她们是在谈论她。琳达嫉妒凯伦-露西·托斯——她明白这一点，也没有压抑这种情绪——因为凯伦-露西很有名，无儿无女，依旧动人，还因为她没有丈夫。琳达巴不得自己的丈夫干脆消失，虽然他的才智曾经那么令她心动。

*

举办摄影节的是个小镇子，在芝加哥城外约一小时路程，镇上有一座图书馆、一所学校、一座教堂、一家亮红色的五金店，五金店前面的橱窗里摆着一排玻璃食物罐。还有两家咖啡馆、三家餐厅、一家晚上经常有现场音乐表演的酒吧。镇中心附近的房子都宽敞而古老，维护妥当，一年中的这个时候，房屋的门廊上总是堆满了大盆大盆的天竺葵和矮牵牛。镇上的树是高大的橡树和黑胡桃木，皂荚树和野樱桃的枝条垂挂下来，当公园或者学校操场上没有小孩玩耍时，可以听见树木的低语声，有时还有树叶清脆的声响。几年前破产并最终被迫关门的一所私立高中还能使用——它的某些部分——用作摄影节的教室。要抵达这些建筑，你得穿过满是灌木和树枝的小径，只能隐隐约约瞥见经过的房子。这个小镇简直有种童话里的气氛，伊冯·塔特尔对凯伦-露西说，凯伦-露西说她也是这么想的。她们刚刚来到正在举办欢迎酒会的大楼。

乔伊·冈特森是摄影节的理事，她有一头黑色的长卷发，身材矮小，瘦得惊人。她感谢伊冯的到来，说她很高兴接待凯伦-露西·托斯的任何朋友。伊冯觉得她们说话时，乔伊·冈特森的眼睛似乎一直在朝上望着天花板，等乔伊走开后，伊冯告诉了凯伦-露西，后者说"噢，提醒我之后解释"，这时一个女人朝她们走来，打扮得像六十年代的人，一顶筒状女帽，一件短上衣，一个搭配高跟鞋的小手提包。她用胳膊搂住凯伦-露西，伊冯发现这个女人其实是个男人。"凯伦－露西让我疯狂。"他告诉伊冯,凯伦－露西嘟着嘴说:"娃娃脸,你真是我认识的最可爱的小男友。"

"你们俩看着像姐妹。"男人说。他刮过的胡子从妆下透了出来,他的五官很好看,比例近乎完美。

"我们是姐妹,"伊冯回答,"一出生就被分开了。"

"很残忍,"凯伦－露西添了一句,"但我们现在在一起了。你漂亮手腕上的那个包真好看。"

"你叫什么名字?"伊冯问。

"托马西娜,在这里叫这个;在家,叫汤姆。"他优雅地耸了耸肩,矜持而又女孩子气。

"知道了。"伊冯说。

*

琳达一声不吭地上了床,挨着她丈夫,杰伊也一言不发,虽然这些天琳达很少像这样和他一起看监控。他俩都盯着杰伊膝盖上的笔记本电脑里的伊冯,她回到房子里时已经很晚了,他俩谁都没在起居室等她。此时,她把钥匙扔到床上,从音频里可以听见她的叹气声。伊冯把手放到臀部,四下看了一圈。接着她走进浴室,摄像头拍到她专注地盯着淋浴喷头,这自然产生了一种伊冯正在盯着他们的效果，琳达感到一阵恐惧，但伊冯——出乎琳达的意料——没有去淋浴，只是上了厕所，洗脸，刷牙，然后回到客房，又站在那里，透过巨大的窗玻璃看着漆黑的夜晚。最后她打开她的小行李箱，开始脱衣服。她的身体看上去比琳达想象的更年轻，不过或许是身高的缘故。她的乳房仍然显得很坚挺，大腿十分光滑——在摄像头略带颗粒状的光线下。她没脱内裤，穿上了一套白色睡衣，加上刚扎的低马尾辫，她看上去几乎像他们的女儿一样年轻。不过她当然没有那么年轻。她是个中年女人，在离家乡亚利桑那州很远的地方。她伸手去拿手机，杰伊膝盖上的笔记本电脑中传来轻微的铃声。

"说话小声点，"他们听见伊冯说，"我开了免提，我在收拾行李。我是说，这间客栈，或者叫客房，随便什么吧，位置很偏，但谁也说不准。老天。"

"嘿，小甜心。"毫无疑问是凯伦-露西·托斯的声音，"你还好吗？"

"不好，"伊冯说，她的声音很低，正转过脸去，把东西从行李箱里拽出来，"这里挺吓人的，凯伦-露西。我怎么睡得着啊？"

"吃片药，亲爱的。你知道吗，我听说，他们的钱都是从他父亲那儿来的,他父亲是搞塑料的。我在想,搞塑料是什么意思。你寄宿的那家怪人,他们是搞塑料的。你能吃片药吗,小宝贝?"

"好,我会的。"伊冯说着,一边坐到床上,在包里摸索着,琳达和杰伊看着她瞄了一眼药瓶,打开了它。接着她又从同一个包里拿出两小瓶酒,是飞机上卖的那种。她拧开其中一瓶,举到嘴边喝下。"我知道你累了,"她说,"我真的挺好。"她又说:"那个汤姆,托马西娜,他妻子不介意吗?"

"不介意,只要他不在家干那个,旁边没有孩子就行。"

"我会介意。"

凯伦-露西说:"但如果你真的爱他——"

"也许我就不会介意,我不知道。我真的不知道。晚安。我爱你。"

"我也爱你,宝贝。"

琳达瞥了一眼她丈夫的侧脸。她说:"她连澡都没洗,她可是在路上跑了一天。"

杰伊把一根手指放到嘴唇上,点了点头。琳达起身离开房间,去走廊另一头睡,一如往常。自从她女儿搬走,说了那些关于她的可怕事情后,琳达就一直和丈夫分开睡了。

*

七年前,镇上一名年轻女子失踪了。她是一名高二学生,啦啦队员,还给去圣公会教堂的家庭当保姆,她家也是圣公会的教徒。因此,有很多人需要接受调查,整个镇子自然笼罩在可怕的忧虑中。镇民对媒体的怨气极深——照相机,毛茸茸的大号麦克风,卡车上载着巨大的、冲着天空的卫星接收器,这些仿佛从天而降的东西淹没了镇子——这种怨恨使大多数人联合起来,但之后,奇怪的联盟分分合合,取决于那天流行的是什么说法,比如驾校老师被认为是嫌疑犯时,人们就分成了不同的阵营。还有一些人说女孩其实是逃走了,没人知道发生在她家里的可怕的事,这加深了她可怜的父母和姐妹所忍受的绝望与恐惧。镇上人就这样过了两年。

这段时间里,琳达·彼德森-科内尔的内心深处一直有一团疑惑的阴影,当她看着丈夫阅读新闻报道、追踪电视上播出的案件进展时,她经常会浑身冒汗。她感觉自己一定是疯了。她无法想象为什么她的身体会有这种反应,为什么她的思绪无法保持平静。而后来当一切结束,终于,终于结束的时候,她忘记了自己有过这样的感觉。她只是会偶尔想起,但从来不曾像她真正经历过的那样发自肺腑。每次想起的时候她都会想：我是个蠢女人，我没有什么可抱怨的，真的没有，不是那样，耶稣基督啊。

摄影节的第二天晚上，琳达正和丈夫坐在起居室里看书，伊冯从前门进来，走过他们身边，顺着斜坡向楼下走去。她在经过时摆动着一只手。"晚安。"她喊道。

"你怎么样啊？"杰伊回应她，"课上得怎么样？"

"挺好！"声音从楼下传来。"明天一早有课。晚安。"她又喊道。他们听见非常微弱的淋浴声——时间不长——接着又在起居室里看了两个小时的书。

半夜里——透过安眠药这层防护盾——琳达感觉到丈夫在淋浴。这没什么反常的，但琳达感到了一阵不安。一直都是如此，而今晚她想起了七年前有过的那种感受。那段日子已经结束了，这种释然让她再度进入梦乡。

*

每天晚上，凯伦-露西和伊冯都会去那个有现场音乐的酒吧。每天晚上她们都问托马西娜想不想一起去，每天晚上托马西娜都说不，他要回房间给妻子和孩子打电话，还要完成布置的阅读任务，为第二天上课做准备。"他不是个差劲的摄影师，"凯伦-露西告诉伊冯，"如果他全心全意热爱摄影的话，他可能会很棒。但他并不是全心热爱。他来参加是因为……"

她们同时点了点头，伸手去拿桌上篮子里的玉米片。"愿上帝保佑他。"凯伦-露西又说。

"绝对的。还有他妻子。"

"没错。"凯伦-露西把一只手放到嘴上，"伊冯，我被背叛了。背——叛了。我想让你知道。"

伊冯点点头。

"我要说的就是这些。"

伊冯又点点头。

"我的心碎了。"凯伦-露西说。

"我知道。"伊冯说。

"碎了。他伤了我的心。"凯伦-露西弹起一块玉米片，它飞到了桌子的另一边。

许久之后，伊冯问："为什么乔伊跟我说话的时候眼睛会转来转去？"

"噢。因为她儿子几年前在这里杀死了一个女孩，把女孩埋在后院里，最后告诉了他妈妈。是的，亲爱的，我是说真的。"凯伦-露西点点头。"他正在监狱里度余生，无论还剩多久。乔伊和她丈夫离婚了，她丈夫得到了所有的钱——他们很富有，但他拿到了全部的钱——乔伊现在住在一辆拖车里，在镇子外边，你去那里的话会在她的壁炉架上看到一张照片，照片中她站在儿子身边，她的手充满爱意地放在他的胸口，遮住了他囚服上的编号，所以看上去就好像他只是穿了件深蓝色的 T 恤。"

"上帝啊，"伊冯说，"我的上帝。"

"我知道。"

"他干这事儿的时候多大？"

"十五岁，我猜。还是十六岁？他们是把他作为成年人来指控的，因为他将近两年都没有告诉任何人。他就把她埋在他们的后院里。如果他说出来，他就不会被判无期徒刑。但他被判了无期，还不能假释。"

"尸体没有被狗刨出来？"

"没有，女士，这没有发生。我猜他把她埋得足够深。"凯伦-露西抬起两根手指，"两年了，他说，妈妈——我得告诉你一件事。"

"女孩一家怎么样了？"

"他们搬走了。乔伊的前夫也离开了。他不想跟他儿子有任何牵连。断得一干二净。乔伊每个月都去乔利埃特监狱看她儿子。"

伊冯缓缓摇头,用手指拨弄着头发。"嚯。"她说。

长时间的沉默后,凯伦－露西说:"我特别遗憾你没有孩子,伊冯,我知道你非常想要孩子。"

"唉,"伊冯说,"你知道的。"

"你会是一个好妈妈,我知道。"

伊冯看着她的朋友。"这就是生活。该死的生活。"

"是的,没错,"凯伦－露西说,"是的,没错。"

*

第二天早上,也就是来这里的第三个早晨,伊冯·塔特尔走向站在厨房水槽边的琳达。琳达不知道伊冯还在房子里,她在洗咖啡杯的时候发现这个女人正站在她身后,她被吓了一跳。"你看见我的白色睡衣了吗?"伊冯带着直率的好奇口吻问。

"我为什么会看见你的睡衣?"琳达把咖啡杯放进沥水篮。

"噢,因为它不见了。我是说,它消失了。东西不会就这么消失的。你明白我的意思吧。"

"我不明白。"琳达用洗碗巾把手擦干。

"噢,我是说,我每天早上放在枕头底下的那套白色睡衣不见了。"伊冯用胳膊比画了一下,像裁判在示意安全上垒,"消失了。它肯定在什么地方,所以我想应该问问你。我是说,也许是被女佣拿去洗了之类的。"

"女佣没有拿你的白色睡衣。"

伊冯盯着她看了很久。"哈。"她说。

琳达心中腾起了一股怒火,快要压制不住了。"我们不会去偷这座房子里的东西。"

"我只是问问。"伊冯说。

*

摄影节的最后一个周末举办了一场展览,就在曾经的那所私立高中里用来办欢迎酒会的地方。一侧放的是教员们拍的照片,另一侧是学生拍的。伊冯、凯伦-露西和托马西娜站在一边,看着人们在屋子里缓慢地走来走去。"我讨厌这个。"伊冯说。

托马西娜把提包换到另一只手腕上。"凯伦-露西,你习惯人们盯着你拍的照片看吗?你看那边那个歪着头的女人,她正在琢磨。琢磨你照片里裂开的盘子是什么意思。"

凯伦-露西说:"意思是我裂开了。"

托马西娜朝凯伦-露西深情地一笑。"你快让我笑裂开了。"他说。

"甜心，我想带你回家。你知道吗，那位女士是个有钱的文艺分子，我从她后脑勺就能看出来。那姑娘，有的是钱。把那该死的东西买下来吧。"凯伦－露西转过脸去。

"噢上帝，她是我住的房子的女主人，"伊冯说，"噢，我们走吧。"

凯伦－露西说："马上，小宝贝。"

阳光非常耀眼，他们三个在木门廊上站了一会儿，眯着眼睛。托马西娜拿出太阳镜。"真热，"他说，"我不知道外面这么热。我穿了尼龙袜。"

"袜子很好看，"伊冯说，"你看上去很漂亮。"

"难道他不是一直都很漂亮吗？"凯伦－露西朝托马西娜的方向送去一声亲吻，"上帝啊，这比两只兔子在羊毛袜里交配还要热。"

一个男人的声音从背后吓了他们一跳。"女孩们，男孩们。"那个声音说。是杰伊·彼德森－科内尔。他从他们刚穿过的门里走出来。"展览看烦了吗？"他问。他向凯伦－露西伸过手去。"我是杰伊。"他说，阳光在他的眼镜上闪烁了片刻，接着他的眼睛清晰可见。"真高兴遇见你。很喜欢你的作品。"

"谢谢。"凯伦－露西说。

"我能给女士们点些冷饮吗?"

凯伦-露西说:"我们有约了,不好意思。"

"这样啊。"杰伊转向伊冯。"这星期我们没怎么看见你。你在我们小镇过得开心吗?或许你会觉得和图森的时髦氛围相比,这里太沉闷了?"

"我喜欢你们的小镇。"伊冯感觉后背在流汗。

"来吧,你们几个。很高兴认识你,杰伊先生。"凯伦-露西朝台阶走过去,伊冯和托马西娜跟在后面。三人排成一列穿过树林中的小路,朝镇子走去,没有一个人说话,直到他们来到教堂旁边的一块空地。

"我得喝一杯。"伊冯说。

在酒吧里,托马西娜说:"你们注意到了吗?他甚至都没跟我打招呼。"

"当然没有,甜心,"凯伦-露西说,"他不会跟任何不想理的人打招呼。"

"我不知道为什么他让我觉得害怕。"伊冯说。

"我告诉你吧,因为他就是很吓人。"凯伦-露西用她的调酒棒指着伊冯。

"并不是说他看上去吓人,他看着很正常。"伊冯拿起一片薯片,又放回篮子里。

凯伦-露西发出一声长叹。"我年轻时当服务员当了有一百年那么久，孩子，我必须懂得些事情。我得能领会男人的眼神。"凯伦-露西用调酒棒敲着颧骨，"这个男人，小宝贝，他认为你是个又高又大又老的废物，他就是这么想的。他以前也这么看我，但我得了几个奖，他就想把我的作品挂在墙上了。等你得奖了——你会得奖的，伊冯，他就会想要把你的作品挂上墙，挨着他妈的冷冰冰的毕加索。但现在，他每天晚上闻着你的裤子，还把你漂亮的白色睡衣塞到他的枕头底下。"

伊冯微微点头。"谢谢你。"她补了一句，"我是认真的。"

"我知道你是认真的。"

"哇哦，"托马西娜说，"我听到了多么可悲的事啊。"

凯伦-露西看着托马西娜的侧脸，神情严肃而冷酷。接着她把手放在他的手上，说："你没什么可担心的。你一切都很好。"

*

琳达和杰伊·彼德森-科内尔坐在起居室里，等着和他们的房客聊聊。她每天晚上回来得越来越晚,进门时总是说"嗨,晚安",然后穿着她的坡跟凉鞋径直走下斜坡。

杰伊和琳达参观展览后的那个晚上,杰伊说:"她白天总是不见人影。"

琳达翻着杂志,看都不看他一眼,说:"我第一眼见到她时,觉得你也许会跟她私奔。"

杰伊笑了。"真的吗?因为她那种有点放荡的工人阶级长相?"

"我觉得不只是因为长相。"琳达说。

"不。显然不是。"

琳达本该察觉到——她的确感觉到了——她丈夫高昂的情绪。她没再和他一起观看伊冯在卧室或者浴室里的画面。她也没跟他提伊冯告诉她白色睡衣丢失的事。伊冯在他们家的最后一晚,琳达和他坐在起居室里,快午夜时,伊冯回来了。"你一直这样,身体会吃不消的。"杰伊朝她喊道。

"我一直如此。睡个好觉。"伊冯回答,消失在斜坡下。

"可以请你上来坐一会儿吗?"杰伊喊道。他始终坐着,琳达坐在他身边,拿着一张摊开的报纸放在腿上。

过了一会儿,伊冯从斜坡下走上来。"怎么了?"她说。

"你成家了吗?"杰伊问她,"你离婚了吗?"

"我离婚了吗?"

"我问的就是这个。"

"噢。天啊。"伊冯把一只手放到额头上,"好一个开场白。你见到中年女人一般都会先问这个问题?"

"你看着像是离婚了。"杰伊说。

伊冯飞快地摇着头,幅度很小。"好吧。请你原谅,我要去睡了。"

"你在我们家住了一个多星期了,"琳达说,"而你从来没跟我们交谈过。你应该能理解,我们感觉受到了冷落。我们可是敞开家门来欢迎你的。"

"噢。好吧。是的,我很抱歉。"这话似乎起了作用,琳达立刻察觉到这个女人其实非常缺乏自信。她母亲可能尽了全力将她抚养大,但也遗留给她一种绝望的情绪。伊冯走进起居室。"我不是有意冒犯。我只是每天晚上都很累。"

"坐吧。"杰伊愉快地说,朝一把椅子点点头。

女人坐下了。她的腿非常长,而她坐的椅子低至地面,于是她的膝盖像蟋蟀那样竖了起来。琳达看得出她很不舒服,而琳达并没有歉意。

79

"跟我们说说吧，你住在亚利桑那州？你在那儿住了很久吗？"琳达问。

"是的，"伊冯说，"差不多吧。你知道的，我成年后基本就住在那儿。"

"我们的女儿本来考虑搬去新墨西哥，但她去了东部，"杰伊微笑着说，"她现在住在波士顿。"

"是吗？她多大了？"

"她二十三岁，非常享受独立的感觉。在那个年纪这很正常。"杰伊仍然微笑着，"她有个双胞胎兄弟住在普罗维登斯，他也很享受独立的生活。"他补充说。

"凯伦-露西最近拍了很多精彩的作品。"琳达说。

"可不是吗？"伊冯往前坐了坐，但她的膝盖太高了，她不得不往后坐并伸直双腿，看上去的确很有诱惑意味。"整个'地震'系列。我认为她棒极了。那些碎裂的盘子。"伊冯赞许地摇着头，再次尝试坐直身子。

"有的艺术家很有竞争意识，甚至对待朋友也是如此，"杰伊说，"但我想你可以大度些，因为你的作品很成功。这是理所当然的，请允许我补充一句。"

"我肯定你就是个大度的人。"琳达说。她觉得伊冯有些警惕。"我给大家拿些酒。"她说。她的感觉确凿无疑。杰伊此前获得过成功，但琳达从未感觉其中有自己的功劳。

又过了二十分钟,琳达借口离开,上床去了。

她仔细听着,很快她听见伊冯下楼,穿过走道向自己的房间走去。她丈夫房间的门轻轻地关上了,琳达服下了安眠药。

梦里不知在何处,琳达听见了尖叫声,声音很可怕。"亲爱的。"杰伊说。他站在门口对她说话,她卧室的灯亮着。"有个小麻烦。"

琳达迅速坐起身,她确定她听见了门铃声。她说:"杰伊,我刚才在做梦——"

"我来负责回话。"杰伊说。他朝她微笑着,但她觉得他看起来不太对劲,他的脸似乎比她之前注意到的更宽,脸颊被汗水浸湿了。她穿上睡袍,跟着他下楼。他打开门时,两个警察站在那里。琳达看见他们身后还有一名男警和一名女警,车道上停着两辆白色的警车。警察们很有礼貌。"能带我们去客房吗?你们把客人伊冯安排在哪里住?"

杰伊说:"当然。琳达,带他们下去。"

琳达的嘴非常干,她转身走下斜坡前往客房区。卧室笼罩在黑暗中,琳达正要往里走,她伸手去开灯,这时女警拦住了她,说:"不,请不要碰任何东西。"男警说:"彼德森太太,你干吗不回楼上去?"

琳达迅速转过身,大声呼喊着杰伊。

警察们垂着胳膊站在厨房里,杰伊正缓缓摇着头。"从一开始我们就觉得她有点怪,但在和我的律师沟通前,我不想再讨论这件事了,我相信你们能理解。诺姆·阿特伍德会代表我,你们知道他会说什么。这太稀奇了,简直荒唐。我不认为镇政府想看到我提起诉讼。"

其中一名警察说:"为什么不让他到警局见我们?"

"说实话,"杰伊微笑着,"我知道你们为自己的严谨而自豪,但这实在是太离谱了。"

"伊冯在哪儿?"这些人聚集到门边时,琳达突然问。

"她在镇医院,夫人。"一名警察说。

"她说我试图强奸她。"杰伊补充说。

"伊冯?她这么说了?疯了吧。"琳达说。

"当然是疯了,"杰伊平静地说,"亲爱的,我很快就回来。"

女警和一名男警留了下来。琳达说:"你们在干什么?"

"坐吧,彼德森太太。我们想问你几个问题。"他们非常客气。他们问了伊冯的情况。她是个什么样的人?

"噢,糟透了!"琳达说。

"哪方面?"

"她对我们很无礼,从来不花时间跟我们相处。"琳达突然想起了睡衣的事,一股脑全说了出来。"她指责我——偷了她的睡衣。"女警同情地点着头,男警则写着什么。

"她对你丈夫也很无礼吗?"

太晚了,琳达意识到她本应保持沉默。当她说她不想再和他们说话时,他们对她很友善。他们解释说,客房的搜查证正在办理中,可能会收集一些证据,床单、枕套,诸如此类的东西。

*

第二天早上,杰伊在卧室里睡得很沉。接近黎明时分,诺姆·阿特伍德把他送回了家。杰伊被指控犯了三级殴打罪,获得了保释。诺姆解释说杰伊之所以被指控,最可能的原因是伊冯歇斯底里的状态,她凌晨三点穿着内裤和T恤在路上狂奔,敲着镇上的一扇门,她的手腕上有一块轻微的瘀伤,料想是挣扎留下的。诺姆说目前仍然很难证明这不是一次双方自愿的事件，在没有目击者的情况下，证明这类事总是很难。此时，琳达一动不动地坐在后花园里，挨着蓝得晃眼的游泳池。她口袋里的手机响了，她把它点开。

她的女儿说："去你的，妈。去你们的。我再也不会回家了。"

琳达站起身走进起居室，坐到沙发远远的另一头。她觉得有点魂不附体，因为她感觉自己又变年轻了，仿佛置身一个初夏的夜晚，和学校里的女友们一起走在路上，经过一片又一片的玉米地和大豆田，全世界都洋溢着新生的亮绿色，太阳西沉，整个天空浸染着辉煌与灿烂，她也回忆起裸露的胳膊上拂过的空气，这所有的自由，所有的纯真，还有欢笑——

诺姆·阿特伍德为她安排了一次会面，让她下午驱车前往莱顿见她自己的律师。她享有婚姻特权，他解释说——她不必就任何杰伊告诉过她的事提供对他不利的证词。但任何她看到过的事，她都要在证人席上宣誓汇报。琳达坐在沙发上试图理解这些，但她感觉身体的各个部分都停止运转了，她正挂在空挡上。她环顾四周。墙上挂着霍普的画，她开始感受到画中无边的冷漠，似乎它是专为此刻而作：它好像在说，你的那些麻烦是如此巨大且没有意义，房子的侧面只有阳光。她起身走进饭厅，坐在长餐桌边。几年前，她的女儿在父亲的电脑里发现了一些东西,女孩不停地尖叫、尖叫、尖叫。我爸就在家里搞女人,而你什么也不做?你比他更可悲,妈,你让我恶心。

这本就是一场私人游戏,一种打破乏味家庭生活的方式,它让琳达·彼德森-科内尔显得大胆而诱人,让她的丈夫愈加欣赏她。

*

琳达在伊利诺伊州北部长大,她的父亲经营着一座成功的玉米饲料农场。她的母亲是位家庭主妇,一个马虎但善良的女人。他们姓奈斯利,琳达和她的两个姐妹被称作"奈斯利家的小美人儿"。童年很美好,之后她的母亲突然——对琳达来说太突然了,那天她在上学——搬了出去,住进一间又小又脏的公寓,这是琳达能想到的最糟糕的事,比母亲死掉还要糟。几个月后她母亲想回家了,但琳达的父亲不允许,母亲独自住在一间小房子里——从肮脏的公寓搬走之后——抛弃了她的朋友们,这些人的反应带着恐惧,好像她母亲争取自由的努力会传染、会致命一样,她的女儿们也疏远她,因为她们的父亲强迫她们忠诚于他。所有这些是琳达一生中——迄今为止——最重大的事件。琳达在高中毕业后的那个星期，嫁给了一个名叫比尔·彼德森的当地男孩，一年后她和他离婚了，但保留了他的姓。在威斯康星州上大学时，她认识了杰伊，他的才智与财富似乎能给她一种生活，让她迅速摆脱她那孤独、被放逐的母亲可怖且盘桓不去的形象。

此时，琳达坐在饭厅餐桌的尽头，门铃响了，不过一开始她不确定自己有没有听错。门铃又响了。她透过窗帘窥视，一个人也没看到，于是她小心地打开门，是瘦瘦的乔伊·冈特森，她说："琳达，我必须来一趟。"

琳达说："不，用不着，用不着你来。你跟我毫无共同点，听见了吗？你跟我一点共同点都没有。走开。"

"噢，琳达。但是我的确——"

"我是不会沦落到去住拖车的，乔伊。"话一出口她吃了一惊，她完全没料到自己会这么说。乔伊似乎也呆住了。这个比琳达矮的女人脸色变得十分困惑。

可能是两人共同的惊讶让琳达没有关门，乔伊才得以摇了摇头，说："噢，但是，琳达——看吧，你住在哪里并不重要。你会发现就是这样。如果你最爱的人进了监狱，你也就等于进了监狱。你在哪里并不重要。你会发现谁才是你真正的朋友。他们不会是你以为的那些人。相信我说的。"

琳达关上门,上了锁。

她走到杰伊的卧室门口,但他仍在熟睡,鼾声不断,面朝上平躺着。他没戴眼镜的脸像是一丝不挂,她已经有阵子没看着他睡觉了。她关上门,走回楼下。她不知道她会对这个律师说些什么。诺姆说过这也取决于伊冯是否想继续起诉。很多事都取决于伊冯。

琳达静悄悄地在房子里转悠。她清楚她的头脑正在尝试理解它无法理解的事。她想到了凯伦-露西·托斯,她现在一定和伊冯在一起。警察已经来收拾了伊冯的物品并还给了她。琳达没问伊冯在哪儿。厨房的水槽里有两个沾着咖啡渍的白色马克杯,琳达不知道是谁喝了咖啡,杯子又是怎么跑到水槽里的。洗杯子的时候,她的腿几乎瘫软了。她想象着陪审员坐在陪审席上;她想象着伊冯化着过浓的妆,站在证人席上。随后她想到了摄像头。她之前究竟为什么就没有想到摄像头呢?你有没有和你丈夫一起观看女人脱衣服、淋浴、上厕所?你意识到你丈夫这样监视她们有多久了?

*

开车驶往莱顿的路上,琳达在镇子外几英里处的一座加油站停了下来。她感觉自己太暴露了,就没有开进自助加油站,而是让人帮她加满了油。但她突然想上厕所。她戴着太阳镜走进商店,经过一排排玻璃纸包装的甜甜圈、蛋糕、花生和糖果。厕所的肮脏程度把她吓到了。她想不起来上次用这么脏的公厕是什么时候,接着她想:现在什么都无所谓了,还管这个干吗?她的思绪一片纷乱,当她穿过商店往回走的时候,径直撞上了凯伦-露西·托斯,两人惊讶地瞪着对方。凯伦-露西也戴着太阳镜。她摘下眼镜,她的眼睛在琳达看来,似乎比自己想象中的更苍老,眼神忧伤,但依旧美丽。

"你吓了我一跳。"琳达说。

"好吧。你也吓了我一跳。"

她们避开人流,一起走下过道。高大的凯伦-露西俯身说:"夫人,说真的,几年前在我自己的悲剧发生之后,有时我感觉我对每个人都怀有同情。真的。这可能是那件事带来的唯一好处。但你丈夫让我的朋友害怕,他让她非常害怕。"

"她在哪儿?"

"我刚把她送到机场。她需要回家,找个合适的医生看看。"

"听着,"琳达说,"我对这事一无所知。"

凯伦-露西美丽的双眼眯了起来。"不,现在你听我说。不要跟我表面一套背后一套。你得多少了解一下你丈夫,如果伊冯把他告上法庭——我巴不得她这么干,你会被传唤去做证,你有责任——"

"我对我丈夫一无所知。"琳达冷冰冰地说。透过太阳镜,她看着凯伦-露西望向窗外,似乎在极目远眺。琳达看见那双美丽的眼睛发红了。

凯伦-露西缓缓点头。她小声说:"噢,老天,当然了。我很抱歉。"她转头注视着琳达,虽然她好像仍在盯着远处。"我没资格要求任何人留意并且弄清楚自己的丈夫在干什么。我自己在这方面一塌糊涂,我很抱歉。"

获准进入一个曾被认为永久关闭的地方,几乎总是让人出乎意料。对于震惊的琳达便是如此,那天她站在那家便利店里,阳光洒在玉米片的包装袋上,她听见那些同情的话——这并不是她应得的,虽然凯伦-露西并不了解她丈夫心里在想什么,琳达却是一清二楚——并从中察觉出即将成真的事:伊冯·塔特尔和凯伦-露西再也不会回到镇上,不会有审判,不会提及摄像头;琳达会自由自在地和丈夫生活在一起,因为当他们晚上看新闻,在乡间散步,或者坐在餐馆里聊天的时候,他会知道,他之所以能摆脱麻烦,可能——或者某种程度上,要归功于妻子的明智,之后再也不会有别的女人了,客房或许会变成一间阳光充足、无人进入的书房,墙上挂着一张凯伦-露西的碎盘子照片。

那天琳达领悟到了其中的真谛。她摘下太阳镜,直直地盯着这个女人的眼睛,她想去拉她的手。她甚至想——带着一种突然而惊人的急迫——抚摸她的脸颊,就好像凯伦-露西是奈斯利家的小美人儿,她遭遇了意外的打击,放学回家发现母亲已经离去,想着自己曾经是多么重要,一直被爱着。

砸拇指理论

等待她到来时,查理·麦考利从窗口望去,暮色渐浓。停车场被油烟熏黑的墙顶上盘绕着带刺的铁丝网,仿佛连这个脏乱丑陋的汽车旅馆停车场也构成了一种威胁——或者价值,让它直接与世界的其他地方格格不入。对查理而言,这似乎证明了他早先经过的百货商店橱窗里展示的梦想都是徒劳,在这个离皮奥里亚半小时车程、他们一起找到的镇子上,你可以给妻子买一台吹雪机或是一条漂亮的羊毛连衣裙,但在私底下,所有人都像老鼠一样跑去翻垃圾吃,找别的老鼠交配,在碎砖头里做窝,再把窝弄得很脏,对世界的贡献不过是更多的排泄物而已。

左边是一棵枫树的树梢,两片粉中带黄的叶子谦卑而温顺地从树枝上伸出,它们是怎么撑到十一月的啊?树的正后方是最后一抹明亮的白昼,夕阳盛大的余晖洒满开阔的天空。查理把他的大手撑在脸侧,想起——为什么这些记忆会在此刻涌上心头?——在同样的秋色中,他曾蹲在一座小山坡上,和玛丽莲一起种番红花。那是他们刚上大一那年。他记得她有多热切,她的眼睛专注地大睁着。他对种植番红花一无所知,她喘着气激动地告诉他,她也是第一次种。那天下午,他们在镇上买了一把泥铲,走到她宿舍后面小山上的一片秋草中,就在学校的树林旁边。"好,就是这儿。"她急不可耐地说。他明白这对她有多重要,在十八岁时种下她的第一朵花,和他一起,她的初恋——他被她的热情感动,就如她穿着羊毛长外套一样感到暖和。他们挖了洞,把球茎放进去。"拜拜,好运。"她对一棵球茎说。她彻头彻尾的愚蠢,那种无用而恶心的温驯,如今都会令他翻白眼,但那天,当秋天的泥土味充盈着他,当他拿着泥铲跪在那里的时候,这一切却悄然使他兴奋,让他感到一阵强烈的爱意与保护欲。亲爱的、糊里糊涂的玛丽莲,她的脸因为大功告成后的激动而泛红。"你觉得它们能长出来吗?"她担忧地问道。这个小可怜,总是忧心忡忡。他说它们会的。它们确实长出来了。有几株长出来了。但他也不记得这个部分了。他只能清晰地想起在此刻之前他忘却了很久的事:他们年少时一个纯真的秋日。

查理关上百叶窗。百叶窗是塑料板条做的,又脏又旧，他拽了一下绳子，板条啪的一声合上了，但没有关严。

恐惧像一条直奔上游的大鳟鱼，在他内心来回穿梭。他突然变得像一个被送去亲戚家的孩子那样想家：此刻，家具显得巨大、阴暗而怪异，气味异样，每处细节都咄咄逼人，带有几乎难以忍受的陌生感。我想回家，他想。这种渴望似乎把他压得喘不过气，因为他想回的不是伊利诺伊州的卡莱尔，他和玛丽莲住的那个家，他的孙辈们就住在街的另一头；也不是他童年时的家——也在卡莱尔；也不是他们新婚时在麦迪逊城外的第一个家。他不知道他渴望的是哪个家，但似乎随着年纪增长，他的思乡病会加重，而由于他无法忍受如今和他住在一起的这个玛丽莲——尽管这个女人用怜悯充实了他疏离而遭放逐的心——他不知道该怎么做，在他的忧虑之溪中急游的鱼短暂地在他现在卡莱尔的家中登陆，街那头住着孙辈们，接着又游向高尔夫球场——他有时仍然很享受那里的一片葱郁，游向那个留着一头光滑的深色头发、或许会也或许不会在这里出现的女人——没有一个地方像是稳定的。

旅馆房门上传来轻轻的敲门声。

"你好，查理。"她笑着，眼神温暖，经过他身边走到房间里。

他立刻明白了。他的直觉在年轻时就很敏锐,这种能力从未离他而去,这种察觉灾难的能力。

不过,男人需要保持尊严。于是他点点头说:"翠西。"

她向房间里头走去,当他看见她带了旅行包的时候——她为什么不会带呢?——有一瞬间他感到可悲的喜悦,但随后她坐到床上,又对着他微笑,他再次明白了。

"把外套脱了?"他问。

她抖抖肩膀,脱下衣服。

"查理。"她说。

他审视着自己。这有一点点令人着迷:他是个即将遭受重击的有机体,他用他天生的力量保护自己。这就是说,他仔细观察着她脸颊上部坑坑洼洼的地方、凹凸不平的毛孔,他已然知道那里藏着一段艰难的青春期。他注意到手上外套的气味,即使微弱也那么腻味而刺鼻,他把它挂到书桌椅的靠背上,而不是衣橱里自己的衣服旁边。他发现她的眼睛不愿直视他,他觉得自己讨厌不诚实——或者缺乏勇气——甚于任何事物。

在这间小房间里,他尽可能远离她,倚着对面的墙站着。

现在，她看着他，一脸嘲弄又愧疚的表情。"我需要钱。"她说。她深深叹了口气，把手放到床罩上。她的每根手指上都有一个戒指，包括大拇指，而仍旧让他惊讶的是，他的头脑在试图提醒他——查理，看在上帝的分儿上，留神！——她身上的很多地方都应该让他感到无比厌恶，但却没有。人不能永远用阶级优越性这样的废话保护自己。很多人终其一生都不明白这一点，但查理明白。

"直说吧。"他说。

"十个数。"

他站在原地没动。床边的小桌上，他的手机突然振动起来。翠西俯身去看。"你老婆。"她说，只是在陈述，很冷淡。

查理朝手机走去，把它塞到口袋里，手机在他的手中又振动了一会儿才停下来。他对仍坐在床上的翠西说："我做不到，甜心。"

"你可以的。"她显然没料到这个，这让他惊讶。

"不。我不行。"

"你有很多钱，查理。"

"我有妻子，有孩子，有孩子的孩子，这就是我拥有的。"

他带了香槟过来,因为她喜欢,他看到她发现了放在旅馆柜子顶上塑料桶里的香槟,他在桶里放了冰块。她忧伤地回头看着他。"你伤了我的心,"她说,"在所有——"

他大笑起来,声音像狗吠。"在所有你的嫖客中,我伤你伤得最深。"

"但这是真的。"她站起来朝香槟走去,"说话别太难听,查理。我有的是客户,你不在其中。"

"我知道你有客户。"他说。

"'嫖客'这个词太……老土了,看在上帝的分儿上,查理。"

"算了吧。"

"不,不能就这么算了。"

"翠西,到此为止。我俩马上就要表演书里最俗套的情节了,而我不想这样。我知道所有的台词,熟悉全部的背景音乐。我不想——"他摊开手掌,"做这件事,就是这样。我也不会做的。"

她脸上短暂掠过的痛苦让他心满意足。他一直都觉得她爱他,就像他爱她一样。但房间里似乎突然充满了一种令人清醒的简明,一次出乎意料而巨大的解脱,事情豁然开朗。回家去把你的事情理理清楚吧,医生会这么说。不对。是事务。回家去把你的事务理理清楚吧[1]。这句说明让查理不禁觉得好笑。他感到有那么一丝开心，仿佛所有在他出生前很久就已来到世上的人，很多年前就知道并使用过这些词句：回家去把你的事务理清楚吧。

他口袋里的手机又振动了，他拿出来看。屏幕上是蓝色的"玛丽莲"。

"要我出去吗？"这句话问得轻车熟路，因为以前已经问过太多次了。语调既自然又亲切。

他点头。

她套上外套，他递给她一把房间钥匙。

他说："他们有间很小的门厅——"但她说她待在自己的车里就行，她可以听广播，真的，没问题的。她一直都这么好。这么好是她分内的事，但甚至在那天她告诉他自己的真名——她衣冠整齐地坐在书桌边的椅子上，说"我想告诉你我的真名"——并且拿出驾照来证明之后，她仍然是那么好。那天她给他看了驾照之后，坚持不再让他给钱了。也许她一直在盘算这件事，如今觉得自己亏了。也许她确实亏了。门在她身后悄悄关上了。他忍住没透过百叶窗看着她上车。

---

[1] 医生通常会对身患绝症的患者这样说。其中"事务"（affairs）一词也有婚外情的意思。

他仍然抱有奇怪的希望,即那种令人愉悦的想法:眼下的状况很快就会结束,事实上已经结束了。他觉得可以挨下去,不知为何他之前没意识到这点。

他的妻子在电话里哭泣。"查理?噢,很抱歉打扰你,真的抱歉。你本该正聊得开心呢——嗯,我知道不算开心,我是说我知道这是你的时间,而且——"

"发生什么了?"他并不紧张。

"噢,查理,她又对我不客气了。我打了个电话,你知道的,我想知道孙女们有没有准备好感恩节的衣服,珍妮特对我说:'玛丽莲,我请求你,不,我告诉你,我也不拐弯抹角了,玛丽莲,你电话打得太多了。这是我家,史蒂夫是我丈夫,我们需要空间。'这是她的原话,查理。史蒂夫,天知道他在不在家,他有没有一点骨气啊,我们的儿子——"

查理不再听了。他坚定而不露声色地站到了他的孩子们那边,站到了他的儿媳那边。他坐到床上。

"查理?"她说。

"我在。"无意中,他在镜子里瞥见了自己。从很久以前开始,他看上去就不再是那个熟悉的人了。

几分钟之后,他让妻子平静了下来,她愿意挂电话了。她再次为打扰他道了歉,还说他让她好受多了。他回答:"那就好,玛丽莲。"

一个人安静地待在房间里,他理解了先前那片刻的停滞,那种平静的广阔感,此时他又感受到了:很久以前,他私下给它起了个名字,砸拇指理论。童年的一个夏天,他在祖父家的屋顶上拿锤子用力敲击瓦片,他发现,假如你不小心砸到了拇指,有一个片刻你会想:嘿,这没那么糟,想想我挨了多重的一下……随后,在这片刻虚幻、困惑而心怀感激的释然之后,真切的疼痛会将你击溃碾碎。战争期间这种事发生了太多次,各种形式的都有,让他有时觉得自己厉害极了——这个类比多么贴切。他从战争里学到了很多事情,但这些他从来没在任何心理医生那里听到过,而玛丽莲还以为他正在接受这类面诊呢。

*

查理站起身。他感受到了身体上肉欲的冲动,里面包含了很多东西,他对此并不陌生。他双臂交叉,在大号双人床前来回踱步,纤维质地的床单——他知道这一点是因为他摸过很多次——注定要承受所有的一切。他来来回回地走着,来来回回。他有时会这样走上几个小时。一股情绪的热流包围了他。

纪念碑在修建的时候,他就对它不感兴趣。不,查理·麦考利一点儿都不感兴趣。然而有一天——在被溪山[1]的记忆反复袭扰了许多个夜晚之后——他独自坐上了一辆公共汽车,一路来到华盛顿,他在那里看到的是一件怎样的东西啊。他不自觉地哭了,没有出声,他沿着阴暗的大理石墙走着,看到他回想起来的名字,用粗糙的手指触摸它们。旁边的人——他能感觉到他们,很可能是游客——充满敬意地让他独自待着。他能感觉到,他哭的时候他们在表达敬意!他从来没想过这种可能性。

回到卡莱尔后,他告诉玛丽莲:"我去这趟是对的。"而她只是说:"我很高兴,查理。"这让他惊讶。那天晚上的晚些时候,她说:"听着,你什么时候想再去就去吧,我说真的。我们有足够的钱,你任何时候都可以去。"人们会让你惊讶,不仅是凭他们的善意,还因为他们突然学会了用正确的方式表达。

他觉得他从来没有正确地表达过任何事情。

有一次,他和儿子儿媳在百货商店,珍妮特要买一件运动衫。查理只是在后面跟着,完全不感兴趣。但他的儿子很有兴致,查理走马观花的时候突然留意到,儿子正若有所思、一本正经地和儿媳交谈——珍

---

[1] 越南战争期间,溪山曾发生过大规模战役。

妮特是个普通和善的女人——仅仅这一瞥,看到儿子参与的这场小型家庭交流,几乎让查理跪倒在地。多棒的儿子!他是个多么出色的男人,这个大男孩,他有模有样地站在那儿,和妻子讨论她想买什么样的运动衫,而这家商店的气味像是一个充斥着廉价糖果、花生和其他什么玩意儿的马戏团帐篷。儿子注意到了他,面容舒展开来:"嘿,爸爸,你在那儿干什么?准备走吗?"

这个词在他脑中浮现:干净。他的儿子干干净净。

"我没事,"查理说,稍稍抬起一只手,"你慢慢来。"

因为他是查理,他在多年前把自己弄得污脏不堪,因为他是查理而不是别人,他才无法对儿子说:你正派、强壮,而这些都与我无关。但你挨过了那段并不如玫瑰般美好的童年,我为你骄傲,我为你惊喜。查理甚至没法简略地形容那种感受。他甚至做不到在迎接或者告别儿子的时候拍拍他的肩膀。

*

他站在汽车旅馆房间敞开的门口,盯着停车场,这样她就会知道,然后回来,当她从车边走向他的时候,他意识到她察觉出自己在看着她——不过他并没有真的在看着她,因为秋天的气息引诱了他,突降的寒意和那肥沃的泥土芬芳,带着某种近似激情的东西将他俘获。小心,他想。小心。他退后几步让她进来。

这次翠西没脱外套,她没有坐到床上,而是坐进了书桌边的椅子。他从她的脸上看出她一直在做准备。"求你了,查理。求你相信我。我需要钱。"

"我知道你需要。"

"那就行行好吧。"

可能他是在故意等着,看她是否会说他亏欠了她,自从他认识她以来,他第一次看见她的眼睛充满泪水。"啊,翠西。告诉我吧。说吧,宝贝,是什么事?"

"是我儿子。"

非常迟钝但又是立刻——这就是查理的感受——他明白了。她儿子惹上了毒品的麻烦,欠了别人一万美元。这个想法像一只深色的巨鸟飞进了屋子,张着宽大而骇人的翅膀。他直接问了她。

她点点头,接着眼泪滚下了脸颊,流着,流着。他此前从未见她哭过,这会儿奇怪地被滴落到她衣服上的一道道睫毛膏痕迹迷住了,她的青绿色尼龙罩衫、黑色短裙甚至靴子上都滴到了。他的妻子从来不化妆。

"啊，翠西。孩子，嘿，甜心。"他向她张开一只胳膊，相信自己看出了她想要靠近他，或许她本来会的，但他说："翠西，这么做的话你自己就危险了。"

这句话里似乎有什么深深地冒犯了她，她摇着头，戴满戒指的双手攥成了拳头。"该死，你知道什么？你觉得你知道——真不好意思，你屁也不知道。"

这正中他的下怀。"我没法这么做，"他轻松地说，"我没法就那样从银行账户里取出一万块钱来，还不让玛丽莲知道。况且无论如何，我也不会那么干的。"

接着，她的绿眼睛变得像闪光的黑色鼻孔，他看着她时脑中出现了这样的画面：她的眼睛像马的鼻孔一样翕动，往上翻着，向后扯着。"如果我拿不出这笔钱，我儿子会死的。"现在她不哭了。她的呼吸变得短而急促。

查理非常缓慢地坐到床沿，脸朝着她。最后他轻声说："你清楚我并不知道你有个儿子。"

"噢，我当然没告诉过你。"

"但为什么不说？"他认真地问，十分不解。

"我想想。"她把一根戴戒指的手指放到下巴上，摆出夸张的沉思模样，"因为如果我解释了情况，你也许会看不起我？"

"翠西，很多人的孩子都惹过麻烦。"她的挖苦让他心烦,好像一把刀在刮擦他的胳膊,"我会看不起你?"他重复她的话。

"哈!没错,你怎么可能看不起——"

"别说了。该死的。现在就停下。停下。"他站起来。

她轻声说:"你也停止你那白人自由主义者的怜悯吧。"

他将将及时地——查理总是这么将将及时——控制住了自己,没有扇她一巴掌,他几乎都能感到一阵刺痒遍穿他的手掌。她轻蔑地扭头不理他,他也没道歉。轻蔑不像是她的行为,他感觉其中有一种做作的成分。

军队里曾经有一位牧师。上帝啊,他这人真好,很质朴。"上帝与我们一同哭泣。"他曾经说,你没法因为这个跟他生气。在溪山的那个夜晚之后,他们带来了另一位牧师,一个骗子。很戏剧化。"耶稣是你的朋友。"这位新牧师会这么说,一股子愚蠢的自命不凡,好像在分发由他一人掌管的耶稣药丸。

*

有一次,他去了趟医院,他们请他回去参加一个小组。他们建议说，听听别人不得不吐露的心声会有帮助。但那里有——噢，查理想到这个就头大——一圈折叠椅，有疲惫不堪的年轻人，那里基本都是年轻人。他们谈到进入伊拉克的城镇，他们谈到睡不着觉，他们谈到过量饮酒，查理无法忍受。有些年轻人脸上还有粉刺。他曾经给这么大的孩子下过命令，看见他们使他反感。他厌恶这些人，这让他感到恐惧。在那里和他们在一起，让那件他觉得可能会杀死他的事变得更可怕了，因为他能看出——他担心过这个——组织这个小组的人并不真的知道该做什么。因为没有什么可做的。聊聊那个。没问题。休息一下，抽根烟，再聊聊那个。第三次聚会上，他们抽烟休息时他离开了，之后他真的很害怕。

他是通过罗宾在网上的广告认识她的。他从卡莱尔开了两个小时的车到皮奥里亚，在城里最古老的宾馆大堂里第一次见到了她。宾馆刚翻修过，大厅里的玻璃和瀑布闪闪发光，他和罗宾坐在楼下的酒吧里时，右边的电梯殷勤地发出砰的一声。他们轻声交谈，噢，全能的上帝啊，他很多年都没有离快乐这么近了。她是个浅肤色的黑人女孩，有一双绿色的眼睛，散发出一种沉静的自信。这种微微削弱权威感的柔光让他立即爱上了她两颗门牙之间的缝隙、她睫毛上方的眼线，还有她聆听、点头和说"没错"时的样子。她四十岁，有两个女儿，罗宾没法陪她们的时候她们就和外祖母住在一起。他在顶层开了个房间，从那里能看到河，他留意到她小心地注意着时间，当他超时了就提醒他再加一小时，但她温柔、平静又礼貌，这种品质甚至在她性欲的美妙爆发之下也不曾流失。从一开始他就没觉得她是装的，因而他一直都感觉良好。真的很不错。

"你为什么做这个？"他问。"他们一定都很好奇。"他补充道。

"有些人好奇，大部分人不会。为了钱，"她说，坐起身子，微微耸了耸肩，"就这么简单。"她脊柱的突起在皮肤下笔直地排成一条线，让他心醉神迷。

几个月后，她提议他们可以在离皮奥里亚半小时路程的汽车旅馆里见面，省下去豪华宾馆的钱，这样可以多见几次。只是他没法比之前更常来见她，他脱不开身，于是他们继续在汽车旅馆见面，他多给她一些钱，之后他们相爱了——真的，他从一开始就爱上她了，她说她也爱上他了，她告诉他自己叫翠西，当时她衣着整齐，坐在那把椅子上。这就是这七个月里一直持续的状态：不顾一切地相爱。查理不喜欢不顾一切。

翠西站在浴室里,从墙上的槽口里扯着卫生纸。查理坐在床上,他能看见她撕着那僵硬的白色下摆。旅馆绝不会让你顺走一整盒纸。她擦了脸,用面巾洗了洗,补了点口红,又回到房间。他重又感到宽慰,这种感觉从未远离。都会结束的,重要的事莫过于此。随后翠西——老天,人们总能让你惊讶——说了句可笑到发疯的话。她说:"以你的品格,我觉得你会帮我的。"

他让她重复一遍,她照做了,看上去有点警惕。他坐到床上,大笑不停。笑声有点刺耳,很快他止住了笑。"我没有。"他终于说,用袖子擦着脸。此时她略带恼怒地看着他。"品格,"他接着说,"我没有。"

那些日子像是远古时代,那时人们认为品格意味着一切,仿佛品格是所有正派举止都为之俯首的一座祭坛。如今科学表明,遗传特征具有决定性,这直接把关于品格的那一套东西扔下了瀑布。焦虑是内在的,或是在创伤事件后变成内在的。一个人无法变得坚强或虚弱,而是他本就如此——没错,他就是缺少品格!缺少这种高尚。噢,这就像你在目睹宗教最卑劣、最粗陋的那一面后被迫放弃了它,就像你不得不把天主教会看作恋童癖、无数被掩盖的真相，以及那些勾结希特勒或墨索里尼的主教的老巢一样——查理不是天主教徒，他认识的少数天主教徒仍在参加弥撒，而他无法理解，毕竟他们面前辉煌的立面已经分崩离析。教会当然正在垮台，但勤劳、正派与品格至上的新教概念也是如此。品格！究竟有谁还在用那个词？

翠西。翠西还在用那个词。他望着她，她的眼睛仍然被睫毛膏晕成一片黑色。"嘿，孩子，"他说，"嘿，翠西。"他朝她张开双臂。

她低声说："我不叫翠西。"过了会儿她又说："那个证件是假的。如你所知，全部都是假的。"她身子前倾，悄声说道："假的。"

他发出了一种声响。这并非什么不寻常的事。他经常不自觉地发出声音。有时在公众场合他也这样，人们会被吓到。有次在一座图书馆里，一个年轻人看着他，查理明白他发出了声音——一声咆哮。玛丽莲，愚蠢的女人，轻声对那个男孩说："他参加过那场战争。"

那孩子不明白玛丽莲的意思。

很多年轻人不知道他曾参加的那场战争的名字。是因为它更像一场武装冲突而不是战争吗？是因为这个国家出于耻辱已将那场战争抛之脑后,就像抛下一个在大庭广众下仍然任性、让人难堪的孩子吗?或者历史就是这样运行的?他不知道。但当他听见一个和如今所有人一样拥有一口好牙的年轻人说:"等等,你说什么?抱歉——"接着摆出自嘲的、带着虚伪歉意的鬼脸,试图猜测查理的年龄:"抱歉,呃,是第一次伊拉克战争吗?"这时,查理就想哭,想大哭,想怒吼:"我们做那件事是为了什么,为了什么,为了什么?"

他从来没有摆脱对所有亚洲人持久的厌恶。

还有所有惊恐地看着他的女人。

"我有个主意。"查理站起来说,"我们走。"

她把包背到肩上,等待着。她没有惊恐地看着他。她根本没有看他。

他拿外套的时候,衣橱里的衣架互相碰在一起,发出清脆的声音,为了防止偷窃,这些金属衣架的钩子全都绕在了横杆上。"都好了?"他以一种轻快的口吻问道,套上外套,接着往后站了站,让她在他前面出门。自我审视带来的熟悉的古怪感又出现了。他对自己有多爱她——如今,这更像是一种认知而非感觉——感到困惑,这在任何可能的层面上都说不通,除了唯一重要的事:她救了他,给了他呼吸的空间。

或许是他通过她给了自己空间,因为注视着她的时候他看不到任何——任何——能让他产生平常那种感觉的东西。他仍然渴望她,却发现她的样子令人困惑。但一切都结束了,感谢上帝。那片开阔的解脱之地仍在。

"开车跟着我。"他说。

他掉头向这个城镇的中心开去,除了这家汽车旅馆,他对这里几乎一无所知。他知道主街上的百货商店,还有维多利亚风格的住宿加早餐客栈,外面总挂着"有空房"的牌子,那清新的淡蓝色外观看着总是很好客的样子,像一个害羞但内心善良的孩子。他不知道哪里有他那家银行的支行,但他开着车,就好像银行会出现一样,他只往后视镜里看了一眼,看到她跟在后面。她咬着嘴唇,他熟悉这个动作,知道不用再看后视镜了。他开着车,右边的太阳已经完全落了下去,他再一次意识到他感觉良好。经过一座老教堂时他想,要不是她跟在后面,他也许会把车停在路边,就为了看看它。

他有时觉得需要做祷告。这种需要就和见到他妻子一样让他厌恶。他在卫理公会中长大,教会没有为他做过任何事,除了让他把这段经历与晕车的感觉联系到一起。他和玛丽莲参加过几次公理教会的仪式,因为她想去，但一旦孩子进入青春期后，那种义务性的活动就减少了。他告诉她，他无法忍受这个，她没有和他争吵，他们只是不再去了。教会的人没有纠缠他们。除了出席孙辈们的洗礼，以及帕蒂·奈斯利丈夫的葬礼，查理很多年都没去过教堂了。

但这些天来，他有时就是想去教堂里祷告一番。他想双膝跪地，他会为了什么而祷告呢？宽恕。没有其他事需要祷告，如果你是查理·麦考利的话。查尔斯[1]·麦考利没有资本，没那么愚蠢，会去为他孩子的健康祈祷，或者祈祷自己有能力更爱他的妻子——不不不不不——查理·麦考利只能跪在地上祈祷，亲爱的上帝，如果你能忍受的话，就请宽恕我。

但这多么恶心。这让他恶心。

在右边，经过又一个红绿灯后，他看见了一家支行的标志。他把车开进停车场，看到银行还开着，便有了一种奇怪的成就感。他看着她在他后面停下车。他用一只手示意她待在原地，她点了点头。约十分钟后，他拿着两个信封的现金出来了——它们像两大块软塌塌的肉——从半开的驾驶座车窗中交给她。她把车窗又摇低一些，似乎要感谢他，但他摇摇头阻止了

1　查理是查尔斯的昵称。

她。"如果我又收到你的消息,我会找到你,再亲手宰了你,"他冷静地说,"不管你是叫翠西还是蕾西,狗屁还是靓女。懂了吗?因为你会得寸进尺。"

她发动车子开走了。

这时,他开始发抖,先是双手,接着是胳膊,然后是大腿。他偷了玛丽莲的钱,这和偷有什么区别吗?他觉得这似乎和他做过的其他任何事都不同。他已经没在挣钱了,她也一样。这真让他吃惊——他偷了妻子的钱。他坐在车里,一直等到他感觉自己可以开车了。

此时,天空中只剩最后一抹余晖。这是个危险的时刻,因为天实际上已经黑了,不再是黄昏,夜晚迅速而悄然地降临了,但还没有入夜。离睡觉还有好几个小时。他的药片最多只能让他睡五个小时。

这家住宿加早餐客栈比从街上看起来的要大。他把车停进房子后面的停车场,再走回到前面——清爽的空气吹在脸上,像是他很多年前用过的金缕梅须后水——他走上前门台阶,脚下响起轻轻的嘎吱声,让他感到些许惬意。直觉告诉他,当真正的打击降临时,这里是个好去处。他在这里会很安全,这里容得下他这样的人。事实上，来开门的女人和他年纪相仿，可能更老一些，她是个拘谨的小个子女人，皮肤很好。他立刻想：她会怕我的。但她似乎并没有害怕。她直视着他的眼睛，问他能否接受一间没有电视的房间。他想看电视的话，可以在起居室里看，其他客人好像都已经睡了。

一开始他告诉她不用，他不需要电视，但看到自己的房间时，他意识到他没法坐在那儿干等着，于是他回到门厅。她说："当然了。"她递给他遥控器，接着说："你介意我干完厨房的活儿之后和你一起看吗？"他说他不介意。"我看什么都行。"她补充说。隐隐约约地，他明白了她也有自己痛苦的回声——他想，在他们的年纪，谁会没有呢？随后他猜想很多人都没有。他经常想到，很多人都没有他头脑中静默的噪声所引发的痛苦的回声。

他坐在沙发上，听到了她在厨房里的动静。他双臂交叉，看着一档英国喜剧节目，因为英式喜剧很荒谬，脱离于任何现实的东西——安全无害，那些英式喜剧——口音和啪嗒作响的茶杯。于是他等待着。它会来的：在这样的打击之后，一波接一波生猛的痛苦，哦是的，它会来的。

女店主悄悄地溜进了房间。他用余光看见她搬起了角落里的那把大椅子。"噢，太棒了。"她低声说，他猜她是在说他挑了个好节目。

他想问她：如果你选了个叫翠西的假名字，你觉得你的真名应该叫什么？

它越来越近了，是的，没错。他知道它是什么，他曾经历过，而它会结束的。可是，比他预想的花了更久的时间。

你永远无法习惯痛苦，无论别人如何谈论它。但此时，他第一次想到——这真的是他第一次想到吗？——还有恐怖得多的事：那些再也感受不到痛苦的人。他在别人身上见到过——那种眼神深处的茫然，那种定义了他们的残缺。

于是查理稍稍坐直了一点，死死地盯着那台电视机。他等待着，希望此刻就像他内心的一株番红花球茎。他等待着，期望着，几乎是在祷告。噢，亲爱的耶稣，让它来吧。亲爱的上帝，求求你，可以吗？求求你让它到来，可以吗？

密西西比的玛丽

"告诉你父亲，我很想他，"玛丽说，她用女儿递来的纸巾轻轻擦着眼睛，"可以请你告诉他吗？告诉他我很抱歉。"

她的女儿向上看着天花板——这些意大利公寓的天花板都那么高——然后转头匆匆望向窗外，透过窗子可以看见外面的海，接着又看向母亲。安吉丽娜没法不去想母亲看起来有多老、多矮小。奇怪的是，她还晒黑了。她说："妈妈，求你别说了。求你别说了，妈。我花了一整年的积蓄飞过来，看到你住在这么糟糕——抱歉，但就是这样——这么脏的两居室公寓里，和这个家伙——你的丈夫一起，噢，上帝。而且他跟我差不多大，我们刚刚忽略了这个事实，但我们除了忽略这个事实还能做什么呢？你现在已经八十岁了，妈。"

"七十八。"玛丽停止哭泣，"他才不是你这么大。他六十二岁。拜托，亲爱的。"

安吉丽娜说:"好吧,你七十八岁。但你中风过,还得过心脏病。"

"噢,拜托,那是很多年前的事了。"

"你现在告诉我,让我跟爸爸说你想他。"

"我确实想他,亲爱的。我猜他有时候一定也会想我。"玛丽的胳膊肘搭在椅子扶手上,她的手虚弱无力地挥动着纸巾。

"妈,你不明白,对吧?噢,上帝啊,你就是不明白。"安吉丽娜靠坐在沙发上,两只手放到头上,用手指捋着头发。

"请别嚷嚷,亲爱的。你从小就冲别人嚷嚷吗?"玛丽把纸巾塞进她黄色的大皮夹里。"我从来没觉得自己明白过什么。不,有很多事情我不明白,这一点我同意。不过请别冲我嚷嚷,安吉丽娜。我刚才说过了吧?"玛丽五个女儿中最小的,也是玛丽(私下里)最偏爱的那个名叫安吉丽娜,是因为玛丽在怀孕期间就知道,她的肚子里是个小天使[1]。玛丽坐直身子看着这个姑娘,她很多年前就是个中年女人了。安吉丽娜没有回头看。从墙角椅子这个位置,玛丽能看见太阳照在教堂的尖塔上,她的目光停留在那里。

---

[1] 安吉丽娜(Angelina)取自"天使"(angel)之意。

"我爸一天到晚嚷嚷,"安吉丽娜说,眼朝下看着沙发套,"你不能因为我嚷嚷就也冲我嚷嚷,还说我小时候不这样,但我——我就是在一个爱嚷嚷的人身边长大的。我爸就喜欢嚷嚷。"

"《老黄狗》[1]。"玛丽把一只手搁在胸上,"说真的,那部电影可真令人伤心。呃,我们带你们几个孩子去看了,我觉得塔米得有一个月没睡着觉。你还记得他们把那条可怜的狗带到牧场杀了吗?"

"他们没办法,妈。它得了狂犬病。"

"矿泉病?"

"狂犬病。噢,妈妈,我不想让你把我弄得这么伤心。"安吉丽娜短暂地闭上眼睛,用手轻轻拍了拍沙发。

"你当然不想,"她母亲表示同意,"你真的为了来这儿把积蓄都花光了?你父亲一点儿都没帮你吗?亲爱的,我没有因为你嚷嚷就冲你嚷嚷。我们去找点乐子吧。"

安吉丽娜说:"在国外什么事都很难。而且意大利人似乎以不会说英语为荣。你刚来这儿的时候有这

---

[1] "爱嚷嚷的人"英文是"yeller",令玛丽联想到了一部名为《老黄狗》(*Old Yeller*)的电影。

种感觉吗？什么事都很难。"

玛丽点点头。"有过，但人总会适应的。你知道的，有好几个星期，如果没有保罗陪我，我连去街角买杯咖啡都不愿意。他们一开始以为我是他母亲。后来他们发现我是他妻子，我感觉他们简直是在嘲笑我们。但保罗教会了我怎么把硬币放到盘子里付账。"

"妈妈。"

"怎么了，亲爱的？"

"噢，妈妈，这让我很难过。仅此而已。"

"不知道怎样正确地把硬币放到盘子里？"

"不，妈妈。是别人把你当成他母亲。"

玛丽考虑了一下这句话。"不过他们为什么会觉得我是他母亲呢？我是美国人，他是意大利人。很可能他们没么想。"

"你是我母亲！"安吉丽娜喊了出来，玛丽差点又被惹哭了，因为她痛苦地看到了她造成的所有伤害，而她，玛丽·芒福德，一辈子从未打算或者想要伤害任何人。

*

她们坐在教堂附近的咖啡馆窗边。咖啡馆建在能俯瞰海水的岩石上。八月末的阳光肆意地照耀万物。四年来,玛丽一直迷恋着这座村庄的美景。但玛丽非常焦虑。她的大女儿塔米发邮件给她,说安吉丽娜的婚姻出问题了,玛丽想等她们独处的时候向安吉丽娜问个清楚,但她似乎做不到。她要等安吉丽娜主动提起这件事。玛丽指着一艘开往热那亚的大游轮,安吉丽娜点点头。她们座位旁的窗户敞着,门也敞着。玛丽吃掉了她的杏子馅羊角面包,把手放到安吉丽娜的胳膊上。她开始轻声唱着《你永驻我心》,但安吉丽娜皱着眉头说:"你还对猫王那么着迷吗?"

"是啊。"玛丽坐直身子,把手放在膝盖上,"保罗帮我把他所有的歌都下载到了手机里。"

安吉丽娜张开嘴,紧接着又闭上了。

在安吉丽娜的眼角边,玛丽又一次注意到了岁月在她的宝贝身上留下的痕迹。安吉丽娜的脸上、嘴边和眼睛周围都起了皱纹,玛丽不记得之前有过。她的头发仍旧是淡褐色,仍旧垂到肩下,但比玛丽印象中的更稀少了。而且她穿的牛仔裤太紧了!玛丽很快就注意到了这一点。"看啊,亲爱的,"玛丽说,朝大海挥着手,"我就是喜欢意大利这种更加户外的生活。敞开的门,敞开的窗户。"

安吉丽娜说:"我冷。"

"拿着。"玛丽把自己总是戴着的围巾递给她。"展开它,"她指示,"它足够宽,能把你那瘦削的肩胛骨裹得严严实实。"

她最小的孩子照做了。

"跟我说说你的生活,"玛丽说,"事无巨细,如果你愿意的话。"

安吉丽娜在她的蓝色草编手包里翻了一阵,拿出手机,把它放在她俩中间的桌子上。"哎,双胞胎和我去了一个手工集市,你肯定想不到我们买了什么。等等,我手机里有张照片。"玛丽把椅子拉近了些,仔细盯着手机,她能看见双胞胎中的一个送给塔米当生日礼物的那件漂亮的粉色毛衣。

"再跟我说点别的。"玛丽说。她的兴致好像突然高上了天。给我看,给我看,她的心在呼喊。"我要看全部的照片。"她说。

"我有六百三十二张照片。"安吉丽娜瞟了一眼手机说。

"每一张我都要看。"玛丽冲她亲爱的小女儿微笑着。

"不许哭。"安吉丽娜警告说。

"一滴泪都不会流。"

"哭了我们就不看了。"

"我的天啊。"玛丽说,一边想:这女孩究竟是谁养大的啊?

*

她们走回公寓时,太阳躲到了一朵云后面,光线发生了戏剧性的变化。天色突然变得像秋天一样,可棕榈树和色彩鲜艳的房子却与此格格不入,甚至玛丽也这么觉得,而她本应见怪不怪了。而她在女儿手机里看到的一切都让她困惑不已,伊利诺伊州的生活里完全没有她。她说:"前几天我在想奈斯利家的小美人儿们。俱乐部,我想我是回忆起了俱乐部和那里的舞蹈。"

"奈斯利家的小美人儿都是荡妇。"安吉丽娜转过头来说。

"不,她们不是。安吉丽娜。别犯傻。"

"妈。"安吉丽娜停下脚步,转向她母亲,"她们是荡妇,至少最大的那两个是。她们跟所有人都上过床。"

玛丽也停了下来。她摘下太阳镜,看着她女儿。"你是说真的?"

"妈,我以为你知道。"

"我怎么可能知道？"

"妈，大家都知道。我当时告诉你了。我的上帝。"安吉丽娜过了会儿又说："但帕蒂不是。我觉得她不是。"

"帕蒂？"

"奈斯利家最小的姑娘。她现在和我是朋友。"安吉丽娜把太阳镜推上鼻梁。

"噢，那很好，"玛丽说，"真是太好了[1]。你们成为朋友多久了？"

"四年。她和我是同事。"

四年，玛丽心想。四年了，我都没见过我最心爱的小天使。玛丽瞥了一眼女儿，又觉得她的牛仔裤在她瘦小的屁股上绷得太紧了。她是个中年女人了，安吉丽娜。安吉丽娜有外遇吗？玛丽缓缓摇头。"噢，我在想她们还是小姑娘的时候，奈斯利家的小美人儿们。你父亲和我去参加了她们其中一个的婚礼。她们在俱乐部办了招待酒会。"

安吉丽娜又走了起来。"你想念那儿吗？"她转头问道，"俱乐部？"

"噢，亲爱的。"玛丽的呼吸变得急促，"不，我不

---

[1] 原文为 nicely，与"奈斯利"一名拼写相同。

能说我想念俱乐部。它从来就不适合我,你知道的。"

"但你们这帮人经常去。"一阵微风吹起了安吉丽娜的头发,她的头发在肩膀上方竖了起来。

"我们是经常去。"玛丽跟着女儿走到街上,过了会儿,安吉丽娜转过身来等她。"他们有一面墙,玻璃框里挂满了印第安人的箭头,我不确定。"玛丽说。

"我不知道你不喜欢那里,"她女儿说,"妈,我的婚宴就是在那儿办的。"

"亲爱的,我是说它不适合我,不适合。我不是那样长大的,我也从来没有习惯过,那些光鲜的衣着和愚蠢的女人。"噢,天啊,玛丽想。噢。

"妈,你不记得奈斯利太太了吗?你知道她出什么事了?"安吉丽娜看着母亲,她的眼睛被挡在太阳镜后面。

"不记得。她怎么了?"玛丽问。一阵惊恐袭来,盘桓在她心头。

"没事。来,我们走吧。"

"等一下。"玛丽说。她走进一家小商店,安吉丽娜跟着她挤进去。柜台后面的男人说:"Ah, buongiorno, buongiorno.[1]"玛丽用意大利语回应了他,

---

[1] 意大利语,"啊,早上好,早上好"。

指了指安吉丽娜。男人把一包香烟放到他身前的小柜台上。玛丽说："Si, grazie.[1]"接着又说了些安吉丽娜听不懂的话，男人咧开嘴大笑着，露出一口污脏的牙齿，还缺了几颗。他很快地回应了她母亲。她母亲转过身，黄色的大皮夹撞上了安吉丽娜。"亲爱的，他说你很美。Bellssima[2]！"她母亲又和男人说了句什么，接着，她们回到街上。"他说你长得像我。噢，我好久没听人这么说过了。以前人们总说，'她长得像她母亲'。"

"妈，你还在抽烟吗？"

"一天就一根，是的。"

"我以前很喜欢听别人说我长得像你，"安吉丽娜说，"你确定每天抽一根没事吗？"

"我还没死。"玛丽本来要说：我很惊讶我还没死。但她警告过自己，不要和安吉丽娜提她死的事。

安吉丽娜把胳膊伸进母亲的臂弯，母亲拉着她躲开了一个骑自行车的女人。"妈，"安吉丽娜说，一边转身看着，"那个女人和你一样的岁数，她在抽烟，她脖子上挂着珍珠，穿着高跟鞋，踩着自行车，车后

---

1 意大利语，"是的，谢谢"。
2 意大利语，"美人"。

面放着一篮子东西。"

"噢,我知道,亲爱的。我刚来这儿的时候大为惊叹。之后我明白了——这些女人是那些开车去沃尔玛的人的翻版。只不过她们是骑车去。"

安吉丽娜打了个大大的哈欠。最后她说:"什么事都会让你惊叹,妈。"

*

在公寓里,玛丽躺在床上午休,安吉丽娜说她要给孩子们发电子邮件。透过窗户,玛丽可以看见大海。"把你的电脑带到这儿来。"她喊她的女儿,但安吉丽娜回答:"你休息吧,妈,我没事。我们晚些时候会跟他们视频通话。"

求你了,玛丽想。求求你过来陪着我。因为她的小女儿——她的最爱,她的孩子中唯一一个四年里没有见过她,而且拒绝见她的人!虽然这姑娘一年前说过她会来——这个姑娘(女人)现在就在公寓的隔壁房间里,这个事实赋予玛丽的生活一种真实感,但这个孩子现在就在这里,这一点也不真实。求你了,玛丽想。但她累了,这个"求你了",也可能是在祈求保罗和他的孩子们玩得开心,他现在正在热那亚看望他们；或者是祈求她其他的几个女儿一直健康，噢，有很多事可以让玛丽说"求你了"——

凯西·奈斯利。

玛丽用一只胳膊肘撑起身子。那个抛弃了家庭的女人。一股热流涌遍玛丽的全身，她想起了那个女人：娇小，可人。"哈。"玛丽轻声说，又躺下了。在她的微笑背后，凯西·奈斯利从未喜欢过玛丽，而玛丽直到现在才明白，这是因为她出身卑微。"出身卑微"是玛丽的婆婆对玛丽身世的评价。确实如此。他们家穷得叮当响。但玛丽曾经是个可爱的小东西，一个啦啦队长，她吸引了芒福德家男孩的注意，他的父亲做的是农业机械的大生意。她知道些什么？躺在床上，玛丽摇着头。她一无所知。

她翻身侧躺着，一边想，好吧，她现在知道一些事了：凯西·奈斯利从来没有真正接纳过她。玛丽不屑地摆了摆手。但他们去参加了她一个女儿的婚礼。是大女儿？一定是。很多年前了。

等等。等等。等等。

玛丽现在想起来了。凯西·奈斯利那时已经搬出去了，人们在婚礼上小声议论说她有了外遇。不知怎的——为什么会这样？——正是这些小声议论让玛丽明白了，她自己的丈夫也一直有外遇，和那个可怕的胖子艾琳，他的秘书。过了好几天他才向她招供，随后玛丽心脏病发作——好吧，当她自己的世界崩塌的时候，她当然不记得凯西·奈斯利了。

她把手伸到床的另一边，把黄色皮夹拉到身边，翻出手机，戴上耳塞。猫王唱着《我失去了你》。猫王比玛丽大两岁，来自玛丽出生的那个密西西比州的小镇，他一直是她的秘密朋友，虽然她从未见过他。她还是个婴儿的时候就被送到了伊利诺伊州的农场，这样她父亲就可以在卡莱尔镇他表兄所有的一个加油站工作了。有一次，猫王在她住的地方表演了两个小时，但因为孩子太小，她没能去看。噢，玛丽用来想猫王的时间超过任何人的想象，就这样，她脑海中的快乐——因为藏在脑中，别人无从知晓——在她婚姻的初期便萌发了。在她的脑海中，她曾和猫王一起在后台，她凝视着他孤独的双眼，让他知道，她理解他。在她的脑海中，当那个愚蠢的喜剧演员在全美电视台上说他是"四十岁的胖子"时，她安慰了他。在她的脑海中，他们有过独处的时光，他同她聊起自己的家乡和他的妈妈。他死的时候，她静静地哭了好几天。

但是保罗——她告诉了保罗她幻想中和猫王的生活，保罗看着她，一只眼半睁半闭，随后张开双臂拥抱了她。自由。噢，上帝，被爱的自由——！

她醒来时，看见女儿在门口。玛丽拍了拍她身边的床。"来吧，亲爱的。他不睡那边，我睡在他的位置上。"

安吉丽娜把她那台亮闪闪的小电脑放到梳妆台上，走过去躺在母亲身边。玛丽说："看那片大海，一直流到西班牙。"安吉丽娜闭上眼睛。玛丽坐直了一点。"喂，你父亲的脑子怎么样了？"她轻轻打了个嗝，嘴里又泛起了之前羊角面包里杏子馅儿的味道。

"他没发疯，"安吉丽娜说，"不过我一直在留神。"

"很好。"玛丽回答。她在她的黄色大皮夹里找到一张纸巾，用它沾了沾嘴唇。"不过，我想说的是他的癌症。"

安吉丽娜睁开眼睛，坐了起来。"癌症没有复发。你觉得我们会不告诉你吗？"

"我不知道。"玛丽如实回答。

"我们没那么狠心，妈。如果爸爸又生病了，我们会告诉你的。拜托，妈妈。"

"小天使，你当然不狠心。没人说你狠心。我就是问问。"玛丽想：我是个傻瓜。这种清晰的信念让她为女儿感到难过，她又哭了起来。她坐得更直了。"拜托，我们别再想这个了。"她从黄色皮夹里掏出一塑料袋用过的纸巾，扔进床边桌子下的废纸篓里。

安吉丽娜笑了。"你真有意思。你总是留着用过的纸巾。"

听到她可爱的孩子笑了,玛丽也笑了。"我跟你说过,当你有五个女儿,而她们都因为感冒待在家里的时候,你就不得不走来走去捡纸巾——"

"我知道,妈妈。我知道。"安吉丽娜把头枕在母亲的胳膊上,她母亲用另一只手轻抚着女儿的脸。

*

谁会在五十一年后抛弃一段婚姻?不会是玛丽·芒福德,这是肯定的。她摇着头。安吉丽娜问:"怎么了,妈妈?"玛丽又摇了摇头。她们仍然躺在床上。谁会在五十一年后抛弃一段婚姻?

好吧——玛丽就这么干了。她一直等到五个女儿都长大成人,一直等到她从心脏病中恢复,当她发现丈夫和他的秘书已经有染十三年之后——和那个胖女人在一起十三年——她就得了心脏病,之后她又等着中风痊愈,中风是在她丈夫发现保罗的来信之后——大约十年前——噢,他大叫着,满脸通红,额头上可怕的血管几乎要爆开,但却爆开在了她的脑子里。她以为那是婚姻的一部分,她接管了他爆裂的血管,接着，她一直等到他从脑癌中活下来，似乎就是在她告诉他自己要离开他之后，他立刻就得了脑癌。于是她一直等待着，亲爱的保罗也等待着，就这样，她来到了这里。

你怎么会知道呢？你什么也不会知道，任何觉得自己知道一些事的人——嗯，他们一定会收获巨大的惊喜。

"你对我真好。"安吉丽娜依旧躺着，她脱掉黑色的平底鞋，鞋子掉到地板上发出轻柔的声响。

"亲爱的，你是什么意思？"

"你对我太好了，妈妈。你哄我睡觉一直到我十八岁。"

"我爱你，"玛丽说，"我现在依然爱你。"

"这是你睡的那一边，对吗？"安吉丽娜坐起来。

"是的，亲爱的，我保证。"

安吉丽娜叹了口气，又躺倒在母亲身边。"对不起。等他明天回来，我会好好对待他的。我知道他人很好，妈。是我太孩子气。"

玛丽说："如果我是你，我也会有同样的感觉。"但她觉得这不是真的。她看了一眼钟，说："来吧，我该去游泳了。"

安吉丽娜从床上下来，把头发披到一侧肩膀上梳平。"你晒得真黑，"她对母亲说，"挺有趣的，看到你这么黑。"

"噢，这是生活在海边的缘故。"玛丽走进浴室，穿上泳衣，外面套了一条连衣裙。"走吧。喏，在水里你什么也不用做，只需要坐着。水会让你浮起来的，我发誓。"

四点钟的太阳灿烂夺目，高高建在山上的房子被阳光照亮，那苍白的颜色，明黄色的花，棕榈树。玛丽踩着她的塑料鞋穿过岩石，下到海滩上。她脱下连衣裙放在毛巾上，找出她的泳镜。

"妈妈，你穿的是比基尼。"

"两件套，亲爱的。看看周围，你看到有谁穿连体泳衣吗？除了你。"玛丽戴上泳镜，走进水里，不一会儿她就远离岸边，径自游开了，她看见了身下的小鱼。游泳是她一天中最享受的时刻，甚至在女儿来探望她的此刻也是。水花让她停了下来。安吉丽娜在那里，头发都湿了。"妈，你真好玩儿。黄色的比基尼，还有泳镜。噢天哪，妈妈！"她们游着，笑着，太阳斜照在她们身上。

安吉丽娜坐在一块被太阳烤热的岩石上，问道："你有朋友吗？"

"有。"玛丽点头说，"瓦莱里娅是我最重要的朋友。我没写信跟你说过她吗？噢，我爱她。我在广场上遇见她，看见她坐在一个老妇人身边——哎，她呀，瓦莱里娅，长着最甜美的脸庞，安吉丽娜，那是我见过的最甜美的脸庞。除了你的。她和一个老妇人坐在海边，那个老妇人的腿非常黑，好像晒了一百年的太阳。我就盯着她的腿，黑黢黢的外皮里面是紫色的血管，就像香肠，真的，然后我想：生命真是个奇迹啊！这两条老腿里还有血在流。我正在想着这个，接着看了眼正在和她说话的那个女人。这个小不点儿，瓦莱里娅，几乎坐在她的腿上，她那张甜美的脸庞——哎呀——"玛丽摇着头，"两天后，在教堂边上，这个小个子女人径直朝我走来。她会说一些英语，我会一点点意大利语。是的，我有了朋友。你可以见见她，她很想见你。"

"好，"安吉丽娜说，"可能过几天吧。我不确定。"

"随时都行。"

她们前面有四艘轮船，一艘是驶往热那亚的游船，其他的是油轮。

"他对你好吗，妈妈？"

玛丽说："他对我很好。"

"那就好。不错。"过了会儿安吉丽娜又说，"他的儿子们呢？还有他们的妻子呢？他们也都对你好吗？"

"非常好。"玛丽不屑地挥了挥手,"看看保罗都为我做了什么,亲爱的。他把猫王所有的歌都下到我手机里了。"玛丽伸手去拿手机,看了看,接着把它放回她黄色的大皮夹里。

"你跟我说过了。"安吉丽娜说。随后她换了种更和善的语气说:"你一直都喜欢黄色。"她摸着母亲的皮夹,"这就是黄色的。"

"我一直都喜欢黄色。"

"还有你的黄色比基尼。你乐死我了,妈妈。"

另一艘船出现在远方的海平线上。玛丽用手指着它,安吉丽娜缓缓点头。

*

她给安吉丽娜放洗澡水,就像她多年来所做的那样,她正想着这姑娘会不会留她在浴室聊天,在女儿小时候,她们经常这么做。但安吉丽娜说:"好的,妈妈。我很快就会洗完出来的。"

躺在床上——她的大部分时光都在床上度过——玛丽看着高高的天花板,她觉得女儿无法理解一直如此焦渴是什么感觉。将近五十年的焦渴。在她丈夫四十一岁的生日惊喜派对上——玛丽原本很骄傲她办了这场派对，因为这真的会让他很惊喜，嘿，他事实上也真的很惊喜——她注意到他没有和自己跳舞，一次也没有。后来她才醒悟，他只是不爱她了。而在女儿们为他们举办的结婚五十周年派对上，他也没有邀请她跳舞。

那一年之后，女儿们送了她一份生日礼物，跟团去意大利旅行，她那时六十九岁。当旅行团来到小村庄博利亚斯科的时候，她在雨中迷了路，保罗发现了她，他会说英语，而她没有过多考虑他的年龄。她坠入了爱河。真的。他已经结婚二十年了，而他自我感觉像是五十年，如今他孤身一人——他们俩都很焦渴。

但这些天里，她愈加频繁地想起她的丈夫，她的前夫。她担心他。你不可能和一个人生活了五十年却不担心他。或者不想他。她时常因为想念他而感到丧气。安吉丽娜一直没提她自己的婚姻，玛丽正忐忑不安地等着她开口。安吉丽娜的丈夫是个好人。谁知道呢？谁知道呢。

*

在浴缸里，安吉丽娜仰起头，把洗发水抹在头发上。和母亲一起游泳让她很高兴。但此时，她坐在这个可怕的、支脚像爪子一样的浴缸里，努力握住古怪的小金属软管喷头，以免水喷得到处都是——此时，安吉丽娜感觉糟糕透顶，她觉得无法再相信任何事了。她无法相信她的母亲看上去如此陌生。她无法相信她的母亲不再住在离她和孙辈十英里的地方。她无法相信她的母亲嫁给了一个和塔米一样年纪的无聊的意大利人。不，她想哭，她擦洗着头发，不不不！噢，她曾经非常想念母亲。日复一日，周复一周，她不停地说起母亲，杰克听着，但后来杰克终于突然离开了，他说，你爱的是你母亲，安吉，你爱的不是我。于是她现在来到这里见她的母亲，来诉说自己婚姻的事：这个女人——她的母亲——她爱着的人。

她的母亲让和颜悦色的保罗到机场接她，他站在这个矮小、衰老、晒黑了的女人身边，这是她的母亲（！），他沿着这些疯狂的小路开车送她们到这里，不如他去热那亚和他儿子待几个晚上，让安吉丽娜有时间和母亲独处，怎么样？安吉丽娜讨厌这里的一切，这个愚蠢村庄的美景，这座糟糕的公寓里高高的天花板，还有意大利人的傲慢。她此时在脑海中回想着她的青春时光，在伊利诺伊州他们家旁边绵延数英亩的玉米地。她的父亲喜欢嚷嚷，这没错。他和那个愚蠢的胖女人有过十三年的愚蠢关系，这也没错。在安吉丽娜眼里,那只是可悲而已——当然痛苦,但也可悲。为什么母亲看不出她的离开造成的后果?为什么她看不出来?只有一个原因:在疯狂背后,母亲其实有些愚钝。她缺乏想象力。

呜呜。呜呜。过去,当父亲发现她们中有谁在哭的时候,他就会对她们发出这种声音,把他的脸凑过来正对着她们。他真的是个刻薄的男人(但他是她的父亲,她爱他),他赞成持枪并朝任何闯进你家里的人开枪。他就是那样长大的,如果他生的是男孩而不是女孩的话,他们可能也会像他那样。安吉丽娜希望他永远不要来意大利,不要来这个可怕的小村庄,看到这个一无是处的男人保罗,他在人生的暮年把她母亲的爱从她们身边夺走。她父亲如果又生病了,而且这次百分之百难逃一死,他会想方设法到这个村子来,找到一无是处的保罗,当众一枪毙了他,再饮弹自尽。

这听上去就像是意大利人会干的事,太疯狂了。

"你为什么觉得爸爸会出钱让我来这里?"她问母亲,她正坐在床上用毛巾把头发擦干。

"他是你父亲。这一点我始终坚信。"玛丽点了点头。

"为什么他会帮我来见他的前妻?在他得脑癌期

间离开了他的前妻。"

玛丽感到脑子里发出了电击般砰的一声，那意味着她突然怒不可遏。她坐直身子，背靠着床头板。"我没有在他得脑癌的时候离开他。这是关键所在。天哪，你们这些孩子不知道吗？我留下来照顾他，等他好转了，才继续我自己的生活。"她想：要是你还胡说八道的话，小姑娘，我会再次中风的。但安吉丽娜不是小姑娘，她有两个差不多已经准备好要离开家的孩子，无论发生什么都会让她很敏感——但玛丽非常愤怒。她从来不喜欢愤怒，她不知道该怎么办。"关于杰克有什么故事？"她问，"你一次也没提过他。"

安吉丽娜看着地板。过了会儿她说："我们过得很艰难。我们在解决一些事情。我们从没学会该如何争吵。"她不悦地看了母亲一眼，接着又盯着地板，"你和爸爸从来不吵架。呃，若是爸爸大吼大叫，你就会随他去。但我认为那不是有意义的争吵。"

玛丽等待着。她的怒气没有平息，却让她的头脑变得敏锐了。她感到思路清晰有力。"有意义的争吵，"她说，"你父亲和我没有有意义地争吵。我明白了，接着说吧。"

"我不想谈这个。"安吉丽娜仍然看着地板，显然很郁闷。这孩子就像只有十二岁，生着闷气，可安吉

137

丽娜从来不爱生闷气。

"安吉丽娜，"玛丽感到她的声音因为愤怒而颤抖，"你听我说。我四年没见你了。其他孩子都来看望过我，而你没有。塔米甚至来了两次。唉，我知道你生我的气。我不怪你。"玛丽坐起来，双脚踩在地板上。"等等，我确实要怪你。"

安吉丽娜惊慌地抬头看着她母亲。

"我责怪你，因为你是成年人了。我没有在你小时候离开你。我做了所有我能做的，之后——我恋爱了。所以继续愤怒吧，但我希望，我希望——"然后玛丽的气消了，她感觉很糟糕。安吉丽娜的样子让她感到非常难过。"说句话吧，亲爱的，"玛丽说，"说什么都行。"

安吉丽娜什么也没说。玛丽没有想到她女儿不知道该说什么。她们沉默了好几分钟，安吉丽娜盯着地板，玛丽盯着她的孩子。终于，玛丽开口了。她轻声说："我有没有告诉过你，当医生把你交给我的时候，我一眼就认出了你？"

安吉丽娜看着她。她轻轻摇了摇头。

"其他孩子我都没有认出来。噢，我当然立刻就爱上她们了，但你不一样。医生说，'抱好你的女儿，玛丽'，我接过来，看着你，这真是最奇怪的事了，安吉丽娜，因为我在想，噢，是你。甚至没有惊讶的感觉，就像是世界上最自然的事，但我认出了你，亲爱的。我不知道为什么，但我就是认出了你。"

安吉丽娜走到母亲那一侧的床边，坐在她身旁。安吉丽娜说："告诉我，你是什么意思。"

"噢，我看着你，我想——我就是这么想的，亲爱的——噢，是你，当然是你。这就是我想的。我知道是你，但更主要的是，我认出了你。"玛丽抚摸着女儿的头发，还是湿的，散发着洗发水的气味。"我抱着你的时候，我知道我抱着的是——"

"一个小天使。"安吉丽娜和母亲同时说。她们沉默了一会儿，手牵着手坐在床边。最后玛丽说："还记得你有多喜欢那套讲草原上那个女孩的书吗？我们后来也在电视上看了的。"

"我记得。"安吉丽娜转向她，"不过，我记得最清楚的是，你是怎么哄我上床睡觉的。每天晚上。我无法忍受你离开我。每天晚上我都会说，还没到时候！"

玛丽说："有时候我太累了，就在你身边躺下，如果我的头跑到你的头下面，你就受不了。你还记得吗？"

安吉丽娜说："就好像你变成了孩子。我需要你是个大人。"

玛丽说:"我明白。"她们又沉默了。随后,玛丽握着她女儿的手腕说:"别告诉你的姐姐们,我在你出生时就认出了你,却没有认出她们——我不喜欢秘密,但应该让你知道。"

安吉丽娜又坐直了一些,说:"那这一定意味着——"

"我们不知道这意味着什么,"她母亲说,"我们不知道这个世界上的任何事情意味着什么。但我知道当我看到你时我明白了什么。我知道你一直都让我很开心。我知道你是我最亲爱的小天使。"(她没有说出口,只是短暂地想道:你总是占据我心中那么大一片地方,有时候我都感到这是一种负担。)

*

在厨房里,她们找到了煎锅和煮锅,烧上水,热好酱汁,玛丽几乎欣喜若狂。她的全身洋溢着幸福——她能像吃面包一样把它吃下去!和女儿在厨房里,聊着平凡的琐事、孩子、安吉丽娜的教师职业——噢,这太美妙了。她打开餐厅的灯,她们吃着意大利面,谈论安吉丽娜的姐姐们。一杯红酒下肚,玛丽说:"天啊,你说的那些奈斯利家姑娘们的事,我的上帝。"

"噢。"安吉丽娜用餐巾擦了擦嘴,"想听些八卦吗?"

"噢,当然。"玛丽说。

"还记得查理·麦考利吗?拜托,你一定要记得他。"

"我记得他。他个子很高,是个好人。后来他去了越南。天啊,真是太惨了。"

"是的,就是他。噢,后来大家发现他一直在跟皮奥里亚的一个妓女来往,同时骗妻子说他是去一个老兵互助小组之类的地方。等等,等等——唔,显然他给了这个妓女一万美元,他妻子发现后就把他赶了出去。"

"安吉丽娜。"

"是的。她把他赶了出去。猜猜他现在和谁在一起?来吧,妈妈,猜一猜!"

"安琪儿,我猜不到。"

"帕蒂·奈斯利!"

"不。"

"是的!好吧,帕蒂不会直截了当地告诉我,但她瘦了,我告诉过你她之前变胖了,学校里的孩子都叫她胖子帕蒂吗?嗯,她对查理确实很好,她看上去

141

棒极了,无论怎样,他们是朋友了,算是吧。你明白了吧。"安吉丽娜冲她母亲意味深长地点了点头,"你永远无法预料。"

"我的上帝,"玛丽说,"安琪儿,这个八卦太精彩了,天啊。学校里的孩子,他们叫她胖子帕蒂?当着她的面?"

"没有。我觉得她甚至都不知道。只有过一次。"安吉丽娜叹了口气,把她的盘子推回去,"她人特别好。"

她们吃完之后,玛丽走过去坐在沙发上。她拍了拍身旁的地方,安吉丽娜也坐了过去,端着酒杯。"听我说,"玛丽说,"接下来我要说的你可听好了。"

安吉丽娜坐直了身子,看着她母亲的脚。她觉得直到现在,她才发现母亲的脚踝不再像以前那样纤细了。

"你当时十三岁。我来图书馆接你。我对你大吼大叫——"玛丽的声音突然颤抖起来,安吉丽娜看着她,说:"妈妈——"但她的母亲摇着头说:"不,亲爱的,让我接着说。我只想说我冲你吼了,我真的冲你吼了,我不知道是为了什么事,但我吼了,你很害怕,我大吼大叫是因为我发现了你父亲和艾琳的事,但我从没告诉过你,直到——噢,你知道的,一百万年之后,但关键是,亲爱的,我吓到你了,我冲你吼了,你被我吓到了。"玛丽的目光越过安吉丽娜向窗户看去,她的脸动了动。"我非常、非常抱歉。"她说。

过了一会儿,安吉丽娜问:"就是这件事吗?"

玛丽看着她。"噢,是的,亲爱的。这件事让我难过了很多年。"

"我不记得了。这不重要。"但安吉丽娜觉得自己确实记得,此时她的内心在哭喊:妈妈,他是头蠢猪,但那又怎样,妈妈,求你了,妈妈——求你不要离开,妈妈!过了很久,安吉丽娜说:"妈妈,艾琳的事过去很久了。你离开爸爸是因为这件事吗?因为你的确过了很久才离开。"她能听见自己语调里的冷酷。酒精似乎在体内起了作用。她突然感受到了她对母亲的冷酷。

玛丽若有所思地说:"我不知道,亲爱的,但我想我本不会离开的。"

"我们从来没有谈过这件事。"安吉丽娜说。

母亲沉默了,安吉丽娜看着她,被母亲脸上悲伤的神情刺痛了。但她母亲说:"那么,告诉我吧,亲爱的,既然你终于来到了这里。告诉我你的感受。我之前跟你说了,我爱上了保罗。你父亲和我很多地方都合不来,但是,亲爱的——我恋爱了。现在跟我说说你的想法。"

安吉丽娜说:"他是个银行出纳,而且这个地方——"她环顾四周。她又想说"肮脏",但并不是这样。这里就是不——不可爱——这是个奇怪的地方,天花板很高,椅子的座套都破损了。

她母亲坐得非常直。"这个地方很美,"她说,"嘿,我们能看到海。要不是保罗的妻子有钱,我们绝不可能住得起。"

"她有钱?"

"她有,有一些钱。是的。他跟我一样,出身不好。"

安吉丽娜什么也没说。

玛丽继续说:"重点是,我和他在一起很舒服。我爱他,我跟他在一起很舒服。你父亲的家庭,你很清楚,很有钱,而你父亲一直非常成功。坦白说,安吉丽娜,我不在乎钱。事实上,我更喜欢没钱。只不过没有钱的话我就见不到你了。"

"你这是落叶归根了。"安吉丽娜不无讽刺地说,但她觉得这话听起来很傻。

"我父亲在加油站工作。我们一无所有。你知道这个情况。保罗没钱,他也没什么赚钱的好想法,如果这就是你所说的'落叶归根'的话。"

安吉丽娜盯着自己伸到身前的双脚,她的脚踝很细。"等等,"她抬头看着她母亲,"所以他和他妻子以前住在这里?"

"没错。她遇到了别人,就走了,把这地方留给了他。我们很高兴能拥有这里。"

"我完全不明白。"安吉丽娜终于说。

"不,我也不明白。"

玛丽伸手去拉女儿的手,但玛丽突然意识到——她以前多么愚蠢,竟没有明白这一点——她的女儿永远不会原谅她离开父亲。在玛丽有生之年都不会。玛丽的一生也没多长了。但意识到这点很可怕——玛丽的脑袋里又响起了那个声音,她很生气!

求你了。

安吉丽娜说:"妈妈,我不想你死。没别的。你剥夺了我在你年老时照顾你的能力。如果你死了,在你死的时候,我想和你在一起。妈妈。我希望可以。"

玛丽看着她,这个女人的嘴边长出了皱纹。

"妈妈,我想告诉你——"

"我知道你想告诉我什么。"现在玛丽得小心了。她必须小心,因为这个孩子气的女人是她的女儿。她不能告诉她——她爱这个孩子不亚于她爱过的任何事物——她不害怕死亡,她几乎准备好了,她还没有死,但离死不远,意识到这点是恐怖的——生活已使她疲惫,将她击垮,她几乎要死了,她会死的,很可能不久就会死。总是还渴望着再多活几年,玛丽在很多人身上看到过这种贪念,她并没有同感——也许她有,但她并没有。没有。她感觉累极了,她几乎准备好了,而她不能告诉她的孩子。想到这一点,她也感到害怕。她想象着——就躺在这间屋子里,保罗在东奔西跑——她吓坏了,因为她再也见不到她的女儿们了,再也见不到她的丈夫了,她是指她们的父亲,那个丈夫,所有这些人她再也见不到了,这让她恐惧。她不能告诉她的女儿,当时她要是知道自己对女儿,对她最亲爱的小天使在做什么,她或许就不会这么做了。

但这就是生活!乱糟糟的生活!安吉丽娜,我的孩子,求你——

"你甚至没拿爸爸离婚后该给你的钱——在伊利诺伊州,你本可以得到一些钱的。"

玛丽说:"但是,亲爱的。"她顿住了,寻找着合适的措辞。最后,她说:"当你恋爱时,你就会陷入某种……"玛丽向上挥着一只手,"泡泡之类的东西。你会停止思考。但我为什么要拿他的钱?没有一分钱是我应得的。"

安吉丽娜想，你是个蠢蛋，妈妈。

玛丽慢慢摇了摇头，说："我是个蠢蛋。"

安吉丽娜说："好吧，如果你拿了钱，我本可以去看你，这就是一件你本来可以用那笔钱做的事。"

玛丽说："我明白了。我现在明白了。"

"你为什么说你不应该得到钱？你养大了五个女儿，妈妈。"

玛丽点点头。"我一直觉得我受你父亲和他家人的摆布。就好像我是个被包养的女人。我应该找一份工作的。但我为什么要工作？我不知道你和杰克是怎么理财的，但是我告诉你，安吉丽娜，你一直在工作是件好事。这让两个人之间的关系公平多了。"

安吉丽娜说："杰克打算回来。"

"杰克走了？我不知道他已经走了。"玛丽将身子往后缩了些，看着她的女儿。

安吉丽娜说："我不想谈这件事，但我也有错。所以他会回来的。等我回家之后。"

"他走了？"

"是的。我不想谈这个。"

但此刻玛丽真的很吃惊。她健谈的小天使以前什么事都告诉她，所有哄女儿睡觉的夜晚，放好的洗澡水——噢，都过去了，过去了！"亲爱的，"她过了一会儿说,"虽然这不关我的事,但是不是因为别的女人?"

安吉丽娜突然面无表情地看着她母亲。"是的。"很快她又补充道,"是你。"

"你什么意思?"玛丽说。

"我是说,别的女人就是你,妈妈。你的离开让我无法释怀。我无法停止谈论你。杰克说我爱的人是我母亲。"

"噢,亲爱的。噢,上帝啊。"玛丽说。

"他走了有一年多了,去年夏天我本打算来看你的,但他一直说他也许会回来,于是我就待在家里,但现在他真的要回来了。"

安吉丽娜由着她母亲抓住她,她伏在母亲的胸前哭泣。她哭了很久。她不时发出一种可怕的痛苦的声音,让玛丽感觉离自己很远。最后,安吉丽娜抬起头,擦了擦鼻子,说:"我现在感觉好多了。"

她们一起在沙发上坐了很久,玛丽一只胳膊搂着女儿,另一只手搭在安吉丽娜的腿上。接着玛丽说:"你知道吗,最初看见你穿这条牛仔裤的时候,我觉得你可能有外遇了。"

安吉丽娜坐直身子。"什么?"她说。

"我不知道,对象就是我。"

"妈妈，你在说什么啊？"

玛丽说："噢，亲爱的，这条牛仔裤对你这个年纪的女人来说有点紧，我只是想——你知道的，或许——"

安吉丽娜大笑起来，虽然她的脸仍然是湿的。"妈妈，我是专门为这趟旅行买的这条牛仔裤。我以为意大利的女人爱穿——我以为她们爱穿性感的衣服。"

"噢，这条牛仔裤很性感。"玛丽说。她一点也不觉得它性感。

"你不喜欢？"安吉丽娜看上去又要哭了。

"亲爱的，我喜欢。"

然后安吉丽娜——噢，上帝保佑她的灵魂——真的大笑了起来。"唔，我不喜欢。穿上它我就像个蠢货。但我特意买了它，这样你就会认为我，你知道的，很老练之类的。"安吉丽娜又说了句，"还有我的连体泳衣！"她们俩笑得眼泪都出来了，却还是笑个不停。但玛丽想：没有一件事是永恒的，不过，愿安吉丽娜在她的余生中都能拥有这一刻。

*

玛丽说她要到外面去，坐在教堂边上的庭院里，享受晚间的抽烟时光。事实上,玛丽自从搬到这里就再没抽过烟了。她告诉商店里的那个男人,烟是给她女儿买的。

"好的,妈妈。"安吉丽娜说,母亲走过去拿上了她的黄色皮夹。几分钟后,安吉丽娜从窗户望出去,看见母亲坐在一张长椅上,俯瞰着小镇,还有大海。她坐在一盏路灯下,安吉丽娜勉强能看清她戴着耳塞,她的头上下轻轻摆动着,嘴里叼着一支香烟。随后,安吉丽娜看见一个女人走向她母亲,她意识到那一定是瓦莱里娅。母亲见到她真高兴啊!玛丽站起身,和这个小个子女人互吻脸颊,然后吻另一边脸颊,接着安吉丽娜看见她母亲在打手势。某一刻她拿香烟对着她的朋友,她们都笑了起来。随后这个小个子女人探着身子,她们又互吻了两边的脸颊,等小个子女人走开后,母亲又坐下了。她坐在长椅上,又深深吸了两口烟,然后把烟摁灭在地上,但她捡起烟蒂,小心翼翼地把它放进一个从黄色大皮夹里拿出来的小塑料袋中。

安吉丽娜情不自禁地盯着她,母亲一动不动地坐着,眺望着海水。随后,她看见母亲突然起身,走到了街上。一个老人正在过马路,他晃晃悠悠地走着——似乎不是因为喝醉了,而是由于年老体衰。让安吉丽娜吃惊的是，母亲如此迅速地朝他走过去。在街灯的光亮下，安吉丽娜看见了那个老人的脸，不仅是他对母亲微笑的样子，还有他表情中的人情味，他的感激中有着温暖与深沉，当母亲扶着他过马路的时候，安吉丽娜也短暂地瞥见了母亲在灯光下的脸。或许是灯光角度的缘故，母亲的脸有那么一刻笼上了一层光辉——在安吉丽娜看见她牵起男人的手，看见她帮助这个男人过马路的时候。他们走到街对面时，似乎简短地交谈了几句，随后男人沿着人行道离去，母亲冲他挥了挥手。安吉丽娜想，她这会儿要回到楼上来了。

但母亲又一次坐到了长椅上。她又戴上耳塞，她的头开始跟着她从手机里听到的声音上下摇摆，那一定是一首猫王的歌。她面朝着大海，似乎正凝视着那些亮着灯的小船。

母亲给安吉丽娜读过所有关于草原上那个小女孩的书，当电视上播出相关的剧集时，她会和安吉丽娜一起收看，她们俩一起依偎在沙发上。母亲对安吉丽娜讲述过他们曾经怎样屠杀印第安人，抢占他们的土地。她的父亲曾说他们活该如此，母亲告诉她，他们并不是活该如此，但事情就是这样发生了。人们总是不停向前，母亲曾说，这就是美国人。到西部去，到南方去，高攀，下嫁，离婚——但总在前行。

母亲在她出生时就认出了她——

"好的，妈妈。"安吉丽娜悄声说。她离开窗边，走进卧室去拿她的电脑，但她却坐在了床上，环顾着四周，她的母亲和一个叫保罗的男人睡在一起的这张床。

曾经有十八年，母亲一直哄她睡觉。先别走，安吉丽娜会说，还没到时候！她的父亲会在门口说，晚安，丽娜，去睡吧。此时，安吉丽娜透过窗户凝视着大海，天黑了，船上的灯都亮了。她听见母亲走上楼梯。而她知道，安吉丽娜知道，当母亲帮助那个蹒跚的人过马路时，她看见了某种重要的东西。短暂地——那只是暂时的，安吉丽娜知道，她知道自己会一直是个孩子——但某种限制暂时被解除了，她回想着母亲对街上那个男人及时而亲切的善意：在意大利海边一个村庄里的一条街上，她的母亲，一个拓荒者。

妹妹

皮特·巴顿知道妹妹露西·巴顿要来芝加哥宣传她的平装书,他在网上关注了她。最近几个月他才给家里装了无线网,他还给自己买了台小型笔记本电脑,他最喜欢看露西的最新动态。他对她能够保持本色而肃然起敬:她离开了这个小房子、这个小镇,离开了他们忍受过的贫穷——她离开了这一切,搬到了纽约城,在他眼里,她是个名人了。当他在电脑上看到她,她在座无虚席的礼堂里发表演讲,这让他暗自激动。他的妹妹——

他已经有十七年没见过她了。自从他们的父亲去世之后,她就再也没有回来过,虽然后来她到过几次芝加哥——她告诉过他。但她在大多数周日的晚上都会给他打电话,他们交谈时,他会忘了她是个名人,只是和她说着话,同时也听她说着。几年前,她有了新的丈夫,他听说过这件事,她有时会聊起她的女儿们,但他并不怎么关心她们——他不知道为什么。她却似乎很理解，只是简单说上几句。

星期天晚上，他的电话响了——在他得知她要来芝加哥的几个星期之后——露西对他说："皮特，我要去芝加哥了，我会在那个周六租一辆车，开到阿姆加什来见你。"他大吃一惊。"太好了！"他说。刚挂断电话，他就害怕了。

他有两周时间。

那段时间里他愈发害怕，他在中间那个周日和她通话时说："真的很高兴你能来看我。"他想她也许会找个借口，说她来不成了，但她却说："噢，我也是。"

于是，他开始动手打扫房子。他买了些清洁用品，放进一桶热水里，他看着浮起的泡沫，然后四肢着地，趴着擦洗地板，上面的污垢让他震惊。他擦洗了厨房的柜台，也被那里的脏污吓到了。他把挂在百叶窗前的窗帘取下来，用那台旧洗衣机洗了。他一直以为窗帘是蓝灰色的，原来是米黄色的。他又洗了一遍，那种米黄色变得更加明亮了。他擦拭窗户，注意到外边也有污痕，于是他走到屋外，从那边把窗户又擦了一遍。在八月末的阳光下，他擦完的窗户上仍像是留有纹状旋涡。他想他还是把百叶窗放下吧，反正他通常都这么做。

但当他踏进这扇门——进入房子的唯一一扇门，

正对着狭小的起居室，右边是厨房区——他看到了从她的视角会看到的东西，他想：她会死的，这地方会让她抑郁而死。他真的不知道该怎么办。他开车去镇子外的沃尔玛买了块地毯，屋里有了很大变化。不过，沙发仍然很笨重，它原本的黄色印花座套已十分老旧，有些地方还磨破了。厨房的餐桌上铺着一块漆布，没法让它显得更新一点。家里没有桌布，他犹豫要不要买一块。他放弃了。但在她来的前一天，他去镇子上理了头发。通常他都是自己剪。在开车回家的路上他才想到——他是不是应该给理发师小费？

那天夜里三点钟，他醒了，他做了噩梦，但不记得梦到了什么。四点时，他又醒了，之后再也睡不着。她说过她下午两点到。一点钟时，他打开百叶窗，即使天空阴云密布，窗玻璃上仍然显出一道一道的痕迹，于是他又关上了百叶窗。他坐在沙发上等着。

*

两点二十，皮特听见一辆车开上了卵石车道。他从百叶窗向外窥视，看见一个女人从一辆白色的车上下来。他听见敲门声时，紧张到觉得视力都受到了影响。他本来期待——他后来意识到了这点——阳光会洒满房间，这意味着露西的到来将光芒四射。但她比他记忆中要矮，也瘦得多。她穿着一件像是男人穿的黑色夹克、黑色的牛仔裤、黑色的靴子，一脸倦容。而且老了！但她的眼睛闪闪发光。"皮蒂[1]。"她说。他说："露西。"

她伸出双臂，他试探性地拥抱了她。他们这一家人从来不互相拥抱，做出这个动作对他来说并不容易。她的头顶碰到了他的下巴。他退后一步，说："我理发了。"一边把手伸到头上。

"你看起来棒极了。"露西说。

这时他几乎希望她没有来。这太累人了。

"我找不到路，"露西说，一脸认真的惊讶，"我是说，我一定开过去了五次，我一直在想，在哪儿呢？终于——上帝啊，我真蠢——终于我意识到那块标志牌被拆掉了，你知道的，那块写着'裁缝改衣'的牌子。"

"噢，是的。一年多前我把它拆了。"皮特补充说，"我觉得是时候拆掉了。"

"噢，当然，皮蒂。是我老糊涂了，才会一直等着看到它——而且我——嘿，皮蒂。我的上帝啊，嘿。"

---

[1] 皮蒂：皮特的昵称。

她直视着他的眼睛,他看见那是她。他看见了他的妹妹。

"我为你打扫过了。"他说。

"嗯,谢谢你。"

噢,他很紧张。

"皮蒂,听我说。"她走到沙发边坐下,带着一种让他惊讶的熟悉,仿佛多年来她一直坐那张沙发。他缓缓坐到角落里的旧扶手椅上,看着她脱掉她的黑靴子,发现它们看上去更像是鞋子。"听我说,"露西说,"我看见艾贝尔·布莱恩了。他来过我的朗读会。"

"你见到艾贝尔了?"艾贝尔·布莱恩是他们的一个远房表兄弟,当他们还是孩子的时候,他和他的妹妹多蒂曾经和他们一起待了几个夏天。艾贝尔和多蒂一直和他们一样穷。"他怎么样?"皮特很多年都没想起过艾贝尔了。"喔,露西,你见到艾贝尔了。他住在哪儿?"

"我告诉你,稍等。"露西把脚蜷到身下,俯下身把她像鞋子的黑色靴子推到一边。皮特从来没见过这种东西——鞋背上有一排小拉链。"好了。"露西理了理她的黑色夹克,说:"是这样,我坐在那里给书签名,这个男人——这个留着好看的灰白头发的高个男人——非常耐心地站着,我注意到了,独自一个人,等他终于走到我身边时，他说'嗨，露西'，他的声音很熟悉，你相信吗，皮特？过了这么多年，他听起来还是像艾贝尔。然后我说'等等'，他说'是我，艾贝尔'，然后我就跳了起来，皮特，我们拥抱了，噢，上帝啊，我们拥抱了。艾贝尔·布莱恩！"

皮特感到很激动，她的兴奋劲儿感染了他。

露西说："他就住在芝加哥城外，在一个高档社区里。他经营一家空调公司很多年了。我说：'你妻子来了吗？'他说，没有，很抱歉她来不了，她有个辅助会议什么的要参加。"

"我打赌她就是不想来。"皮特说。

"没错。"露西使劲点头，"你说得太对了，皮蒂，你怎么知道的？我是说，在我看来这有点太明显了，他似乎在撒谎，而我不认为艾贝尔真的会撒谎。"

"他娶了个势利小人。"皮特往后坐了坐，"妈妈几年前就是这么说的。"

"妈妈也告诉我了，那还是在我住院的时候，她来看我了。"露西把她的黑色夹克拉上，"她说艾贝尔娶了老板的女儿，说她是个装腔作势的人。他穿得很光鲜，你知道，一套昂贵的西服。"

"你怎么知道很贵？"皮特问。

"唔，好吧。"露西意味深长地点点头，"皮蒂，我花了很多年才弄清楚什么样的衣服会很贵,但是——嗯,你过一阵子就能看出来了,我是说,那套西服他穿着合身极了,而且布料很漂亮。但他看到我太高兴了,皮蒂,噢,简直高兴死了。"

"多蒂怎么样?"皮特把手肘撑在膝盖上,飞快地向周围扫了一眼,才发现墙上没有画。他很少坐在他现在坐着的椅子上,因此他一定从未注意过。他总是坐在露西坐的位置上,面朝着门。墙就立在那里,灰白色,平淡无奇。

"他说多蒂很好。她在皮奥里亚城外的杰尼斯堡开了一家提供住宿和早餐的旅馆。没有孩子。但艾贝尔有三个孩子。还有两个小孙子。他似乎很……"露西轻轻拍了拍膝盖,"很为那几个孙子高兴。"

"噢,露西,那真好。"

"非常好。简直太棒了。"露西用手指梳着头发,有一些靠前面的头发跑到了下巴那里,是淡棕色的。"噢,猜猜我在休斯敦见到谁了?我正在书上签名,这个女人——我本来不会认出她来——但那是卡萝尔·达尔。"

"噢,对。"皮特往后靠了靠。光秃秃的墙壁在角落里显得更阴暗了。"是的,达尔家的姑娘。她搬走了。她现在住在休斯敦?"

"卡萝尔和我同班,皮蒂,她特别刻薄,噢,那个姑娘对我太刻薄了。"

"露西,所有人都对我们很刻薄。"

出于某种原因,这句话让他们对视了一眼,接着很短暂地——他们几乎是大笑了起来。

"是的,"露西说,"噢,好吧。"

"在休斯敦她对你很刻薄吗?"

"没有。这就是我要告诉你的。她自我介绍的时候其实很害羞。害羞!于是我说,噢,卡萝尔,见到你真高兴。她等着我在她的书上签名——我能给她签什么?所以我只写了'祝好',然后把书递给她,她朝我弯下身来,轻声说:'我真的为你感到骄傲,露西。'我说:'噢,谢谢你,卡萝尔。'我不知道,皮蒂,我想她是成年人了,很可能感觉有点难堪。我只是说,这就是我的印象。"

"她结婚了吗?"皮特问。

露西举起一根手指。"我不知道,"她慢吞吞地说,"她身边没有男人,但也许家里有一个。"露西看向她的哥哥。"不知道。"她耸了耸肩。随后她拍了拍身边那张笨重的沙发,说:"皮蒂,把一切都告诉我,拜托,告诉我你过得怎么样!我才进屋两分钟,就一直在絮絮叨叨地讲我自己的事。"

"没关系。我喜欢听。"他确实喜欢。噢,他真高兴。

"皮蒂,你为什么不养条狗呢?你一直很喜欢动物。"露西环顾四周,仿佛真的是第一次打量这里,"你养过狗吗?"

"没有。我考虑过,但我工作的时候它就得独自待上一整天,这太让我难过了。"

"养两条狗,"露西说,"养三条。"然后露西又说:"皮特,跟我说说你在电话里提到的事。你在一处施粥所工作?再多说一点吧。"

"是的,好吧,"皮特说,"你还记得汤米·格普蒂尔吗?"

露西坐直身子,把脚放到地板上。皮特注意到她穿了不同颜色的袜子,一只棕色一只蓝色。她说:"学校的看门人。他真是个好人。"

皮特点点头。"嗯,我们现在算是朋友了,我和他还有他妻子每周去卡莱尔的施粥所工作一次。"

露西赞赏地点了点头。"这差事对你来说太棒了。皮蒂,我真为你感到骄傲。"

"为什么?"他真的想不出原因。

"因为不是所有人都能在施粥所工作,你能去就让我很骄傲。卡莱尔的施粥所开了多久了?"露西从

161

牛仔裤的裤腿上揪了点什么，弹到空中。

"有几年了。我不知道。但我去那里有几个月了。"皮特说。

"汤米还好吗？他一定老了。"露西看着皮特。

"他老了，"皮特说，"但他依然精力充沛，他的妻子也是。他们有时候会问到你，露西。我打赌他们一定很想见你。"他惊讶地发现她的脸色变了，她拉下脸来。

"不，"她说，"但你告诉他们，我向他们问好。"接着露西说："听着，你要知道，我打电话给薇姬说我要来这里，她说她今天很忙。没关系，我懂的。"

皮特说："她也跟我说了，我有点生她的气，露西。我是说，她是你姐姐。"他心不在焉地用手指在身边的墙上抹了一下，一道深色的灰尘落了下来。

"噢，皮蒂，"露西说，"从她的角度想想吧。我离开了，再也没有回来过，再加上她找我要钱——你知道这事吗？嗯，她找我要钱，我总是给她，她在那家疗养院赚不了几个钱，而且你知道，她丈夫失业了，她一定觉得，我是说，不管她怎么想吧。你见过她吗？她幸福吗？呃，我知道她并不幸福，但我是说——她还好吗？"

"她还好。"皮特把灰尘抹到牛仔裤上。

"好吧。"露西直视着前方，似乎在努力思索什么事。过了会儿她摇摇头，又看着皮特。"十分高兴见到你。"她说。

"露西，我得问你件事。"

"什么事？"

他觉得他看见她的脸上掠过了一丝警觉。他说："我应该给为我理发的家伙小费吗？我一直都自己剪发。但我去了卡莱尔的那家理发店，那个家伙给我理了发，把那件小围裙一样的东西从我身上解下，然后我付了钱，之后我就一直在发愁。我应该给他小费吗？"

"他是店老板吗？"露西又把脚塞到身下。

"我不知道。"

"因为如果那人是老板，你就不用给小费，但如果他不是，你就应该给。"露西不屑地挥了挥手，"别担心了。你要是再去的话，就给他几美元小费，但别再担心了。"

他爱的就是她这点，她对世界的了解和对他的了解。她似乎并不因为他这个问题感到尴尬。噢，他真的很高兴！或许这就是为什么他没有听见汽车驶上车道的声音。他只听见了重重的敲门声，他和露西都跳了起来。他看见了她的恐惧。她坐直身子，她的脸变得严肃起来。他自己也感到恐惧。他把手指放在嘴唇上，俯下身——非常、非常小心地——拉起极小一部分百叶窗。"噢，"他说，"噢，是薇姬。"

*

云朵飘走了，此时，阳光直射下来。玉米地向远方延伸。皮特站在打开的门口，他突然意识到薇姬很胖。他之前未曾意识到自己清楚这一点，但此时看见她站在门口，他发现她真的很胖。他现在才看出来这点，部分原因是露西实在是太瘦小了。薇姬穿着一件花衬衫和一条海军蓝裤子——她的大肚子上一定有一圈松紧带——她拿着一个红色皮夹，眼镜从鼻子上滑下去了一点。他们点头致意，然后她从他身边走过。皮特又站了一会儿，凝视着外面的玉米地。在他脑中残存的画面里，薇姬的脸看上去有些不同。当他转身回到屋里时，露西正站着，但她又坐了下去，皮特觉得她是想给薇姬一个拥抱，但薇姬一点儿也不想。他能从薇姬的表情里看出来。

"那是什么？"薇姬说，指着那块地毯。

"噢，是块地毯，"皮特说，"我前几天买的。"

"看着挺不错吧？"露西问。

薇姬绕着地毯走了一圈，站在露西前面。"噢，你来了，"她说，"那么你为什么不告诉我——在这个广阔的世界里，是什么把你带回了阿姆加什？"

露西点点头，似乎听懂了这个问题。"我们老了，"露西说，抬头看着她姐姐，"而且还在继续变老。"

薇姬把她的皮夹扔在地板上，在沙发上坐下，尽可能远离露西。但薇姬块头太大，她没法离得那么远，沙发不是很大。薇姬坐着，她几乎全白的头发剪得很短，周围有一圈刘海，就好像是顶着一只碗剪出来的。她试着跷起二郎腿，但她个头太大了，只好坐在沙发的尽头，皮特觉得她看上去就像他去卡莱尔理发时看到的一个坐轮椅的人，一个年长的女人，身材魁梧，坐在一辆带发动机的轮椅上到处转悠。

但随后他看见：薇姬涂了口红。

她的整张嘴，线条突出的上唇和丰润的下唇，涂了一层橘红色的唇膏。皮特不记得以前见过薇姬涂口红。皮特看看露西，发现她没有涂口红，他感到浑身在微微颤抖，仿佛他的灵魂患了牙痛。

"所以是说，我们很快就要死了，你觉得应该来道个别？"薇姬问道，直视着她的妹妹，"顺带说一句，你穿得就像要去参加葬礼。"

露西交叉着双腿，双手摊开放在膝盖上。"我不会这么说的,我是指'我们很快就要死了'这种话。"

"那你会怎么说?"薇姬问。

露西的脸似乎有些泛红。她说:"就像我刚才说的那样。我们老了,而且我们还在变老。"她微微点头,"我想见你们。"

"你遇到麻烦了吗?"薇姬问。

"没有。"露西说。

"你病了吗?"

"没有。"露西又补了一句,"据我所知没有。"

随后是一段长时间的沉默。在皮特的脑中,沉默变得非常漫长。他已经习惯了沉默,但这并不是那种气氛好的沉默。他走回角落的扶手椅那里,缓缓地、小心翼翼地坐下。

"你怎么样,薇姬?"露西问道,看着她的姐姐。

"我很好。你怎么样?"

"噢上帝啊,"露西说,她把手肘放在膝盖上,有一小会儿用手捂住了脸,"薇姬,求求你——"

薇姬说:"'薇姬,求求你'?'薇姬,求求你'?露西,你离开了这里,自从爸爸死后你一次也没回来过。你却跟我说'薇姬,求求你'——就好像我才是那个做错事的人。"

皮特又用手指在墙上抹了一下,他的手指又沾上了一道灰尘。他又这么干了两次，然后摊开双手放到膝盖上。

露西抬起头说："我一直都很忙。"

"忙？谁不忙呢？"薇姬把眼镜推上鼻梁。很快她又说："嘿，露西，那就是所谓的真话吗？我不是刚在电脑上看见你发表了一场关于真话的演讲吗？'作家应当只写真实的东西。'你说的就是这类废话。而你坐在那儿跟我说：'我一直都很忙。'好吧。我不相信你。你不来这里是因为你不想来。"

皮特惊讶地看到露西的表情放松了。她冲她姐姐点点头。"你说对了。"她说。

但薇姬还没说完。她向前探着身子说："你知道我今天为什么来这里吗？为了告诉你——我知道你给我钱，但你再也不用给我一分钱了，我一分钱也不会要你的，我今天过来见你是要告诉你：你让我恶心。"她靠坐着，朝她妹妹晃着一根手指。她手腕上戴着一只表，细细的皮表带似乎陷进了她的肉里。"真的，露西。每次我在网上看到你，每次我看到你，你都演得好极了，而这让我恶心。"

皮特看着地毯。地毯仿佛在对他大喊，你买了我，真是个蠢货。

过了很久，露西轻轻地说："噢，这也让我恶心。

167

不管你看的是什么，我真正想说的是——而且你为什么要看我？——有时候我真正说的只是：×你的。"

皮特抬起头。他说："哇哦，你想对谁这么说？"

"噢，"露西说，用一只手拨弄着头发，"通常是某个站起来说她不喜欢我的作品的女人，或者某个想打听我私生活的记者。"

皮特问："真有人站起来说他们不喜欢你的作品吗？"

"有时候会。"

皮特把椅子稍稍向前挪了挪。"那他们干吗不待在家里？"

"噢，这正是我想说的。"露西摊开手，动作很小地挥了挥，"×他们的。"

"可怜的露西。"薇姬说，她的声音带着嘲讽。

"是啊，可怜的我。"露西说，往后靠坐着。

"妈妈的最爱。"薇姬说。露西说："什么？"

"我说，你是她最喜爱的孩子，乖乖，你可是赚大了。"

露西看着皮特，然后说道："她最喜欢的是我？"她的惊讶让皮特吃惊。"是我吗？"她问，他耸耸肩。露西说："我都不知道她有最喜欢的孩子。"

"那是因为你对发生在这座房子里的事一无所知，

露西。你每天放学后都留在学校，她就由着你。"薇姬看着她的妹妹，她的下巴在发抖。

"我知道这座房子里的很多事。"露西的声音变得冷冷的，"而且她并没有由着我，我就是要那样。"

"她由着你，露西。因为她觉得你很聪明。而且她觉得她也很聪明。"薇姬使劲拽着上衣的下摆。皮特看见她的裤子上方露出了一条肉，几乎是青色的。

皮特说："嘿，薇姬。露西见到过艾贝尔。露西，跟薇姬说说你遇见艾贝尔的事。"

但当露西说"我见到艾贝尔了"，薇姬只是耸耸肩说："我受不了他妹妹，多蒂。妈妈老是给她做新衣服。"

"噢，多蒂很穷。"露西说。

"露西，我们才穷。"薇姬身子前倾，好像要把她的脸搁到露西的面前。

"我知道。"露西说。她突然站起来走向前窗。她轻轻拉了一下百叶窗的绳子，百叶窗打开了。阳光洒进了房间。她走向另一扇窗户，也打开了百叶窗。接着，皮特看见地板上的尘土都被刷进了角落里，在阳光下看得清清楚楚。

"你平时吃东西吗？"薇姬问露西，露西摇摇头，又坐回到沙发上。

"吃得不多，"露西说，"我没胃口。"

"我也是，"皮特说，"我只知道什么时候得吃饭了，因为我的脑子会开始感觉不对劲。"突如其来的阳光——带着初秋的金黄——让皮特吃不消，他真想关上百叶窗。就像瘙痒一样，他必须努力克制自己才不会去挠。

"真奇怪，"薇姬说，她的声音里没有了敌意，"这很奇怪，不是吗？你们俩会这么瘦，而我一直吃个不停。我不记得你们曾被迫从马桶里捞吃的，但也许你们有过。谁知道呢。"薇姬深吸了一口气，她的脸颊鼓了起来，接着又长长地叹了口气。

皮特暗暗告诉自己：别这么做。他的意思是，别起身去关百叶窗。

过了一会儿露西说："你刚才说什么？"

薇姬说："噢，有一次我们吃肉。"薇姬狠狠挠着她的脖子，"吃的是肝脏。上帝啊，我真讨厌那个味道。妈妈认为我们应该吃些——我不知道——红细胞之类的东西，她从别人那里弄来一大块肝脏，太可怕了，我嘴里塞了好多片，我跑去吐在了马桶里，但那个愚蠢透顶的马桶冲不了水，他们找到那些漂在里面的碎肝脏——"

"别说了，"露西说，举起手，掌心朝外，"我们明白了。"

薇姬似乎被激怒了。"噢，露西，你和皮特每次把食物扔掉，都得再从垃圾堆里翻出来吃下去，我还记得就在那儿。"她用手指朝厨房的区域用力戳了两下，"你们得跪着，拣出你们扔掉的食物，就直接从垃圾堆里吃，你们会哭——好了，好了。听着，我只是说，我能理解为什么你们不想吃东西。我只不过不明白为什么我想吃。"

露西伸手揉了揉她姐姐的膝盖。但在皮特看来，这个动作像是义务性的，仿佛薇姬是个孩子，刚说了些令人尴尬的话，露西作为大人要假装什么也没发生。

"你的工作怎么样？"露西问薇姬。

"就是个工作。烂透了。"

"呃，听到这个我很难过。"露西说。

皮特瞥了一眼墙上灰尘掉落的地方，那里有一团污迹。

"我敢肯定，这又是一句真话。"薇姬抬起身子，差不多坐了起来。"但你知道吗，前几天那里发生了一件有趣的事。那个名叫安娜-玛丽的老妇人，她从我几年前刚去那里的时候就坐轮椅了，这么多年她一句话也没说过，人们说，噢，安娜-玛丽说不了话了，而她就坐着轮椅到处转悠，撞见各种人。前几天，我站在护士站，突然感觉我的手被握住了。我低头一看，安娜－玛丽坐在轮椅上，满脸灿烂的微笑，对我说：'嗨，薇姬。'"

听到这些，皮特感到很高兴。他感觉快乐像一股暖流流遍了全身。

露西说："薇姬，这个故事很棒。"

"很美好，"薇姬承认，"我可以告诉你，那里从来没有发生过美好的事。"

皮特突然想起来了什么。"薇姬，"他说，"告诉露西莉拉的事。她要去上大学了。"

"噢。"薇姬又抓了抓她的脖子，那里被挠出了一道红印子。然后她仔细地看着她的手指。"是的。我的宝贝女儿明年可能要去上大学了。"她抬头看着露西，"她成绩不错，她的辅导老师说，可以让她进大学而且不用操心学费的事。就像你一样，露西。"

"你说真的吗？"露西往前坐了坐，"薇姬，这太令人激动了。"

"我想是的。"薇姬说。她用手指推起下唇，咬在嘴里。

"确实是。"露西说。

薇姬把手从嘴上拿开，在裤子上擦了擦。"的确。之后她就会像你一样离开。"

皮特看见露西的脸色变了,像是被扇了一巴掌。随后露西说:"不,她不会的。"

"为什么不会?"薇姬试着在沙发上重新坐好。露西没有回答,于是薇姬用一种稍显做作的声音说:"因为她有个不一样的妈妈,薇姬。所以她不会。谢谢你,露西。"

露西飞快地闭了下眼睛。

"你知道她的辅导老师是谁吗?"薇姬转头看着皮特,"帕蒂·奈斯利。她是奈斯利家的小美人儿里最小的一个,还记得她们吗?"

露西说:"帮莉拉进大学的人就是她吗?"

"对。'胖子帕蒂',孩子们这么叫她。可能是以前的事了,她瘦了点儿。"薇姬说。

"他们管帕蒂·奈斯利叫'胖子帕蒂'?"露西朝薇姬皱眉。

"噢是的,没错。你知道,他们还是孩子。"薇姬顿了顿,然后说,"他们在上班时叫我'讨厌鬼薇姬'。"

"不,他们没有。"露西说。

"是的,他们有。"

皮特说:"你从来没有告诉过我,薇姬。好吧,他们都老了,脑子已经糊涂了。"

"不是病人,是其他在那里工作的人。我听这个女人说过,两天前她说,讨厌鬼薇姬来了。"薇姬摘下眼镜,眼泪从她的脸上滚落下来。

"噢,亲爱的。"露西说。她靠近姐姐,揉搓着薇姬的膝盖。"噢,那人真恶心。你不讨厌,薇姬,你——"

"我很讨人厌,露西。看看我吧。"眼泪不停地从薇姬眼中涌出,带着口红流过她的嘴唇。

"你知道吗?"露西说,她不再揉搓薇姬的膝盖,而是开始轻轻拍打它,"哭吧。亲爱的,大哭一场吧,没事的。我的上帝,你还记得我们从来不会哭吗?"

皮特往前探着身子,他说:"露西说得对。你哭出来吧。这次没人会把你的衣服剪了。"

薇姬望着他。"你说什么?"她用手擦了擦鼻子。露西从夹克的口袋里拿出一张纸巾递给薇姬。

皮特说:"我说,没人会把你的衣服剪了。再也不会了。"

薇姬说:"你在说什么啊?"

皮特说:"你不记得有一天你在这儿哭,妈妈回到家就把你的衣服剪了吗?"

"她有吗?"露西说。

"她有吗?"薇姬正把纸巾拍在脸上,她用它轻轻地拍着嘴唇。"噢,等等。噢,我的上帝,她有。我已经忘了那件事了。"薇姬看着露西,又看向皮特。她没戴眼镜的脸显得年轻了一些,还有点傲慢。"她为什么那么做?"薇姬不解地问。

"等等,"露西说,"妈妈把你的衣服剪了?"

"是的。"薇姬缓缓点头,"我一直在哭,我不记得为什么了。和在学校发生的什么事有关,我就那么哭个不停——你说得对,露西,他们就是讨厌我们哭,但他们不在家,我就坐在这里哭,而你,皮特,你在这里——我哭得太凶了,没听见她进来。噢,我现在想起来了。"薇姬挥着手中的纸巾,上面沾上了唇膏的红色印迹。"她从那扇门进来说:'别吵了,薇姬。'但你知道,我停不下来。然后她说:'我说了,不要再吵了。'接着她去缝纫间拿了把剪刀,走进我们的房间——我只记得听见衣架在移动,然后是你,皮特,"薇姬又用纸巾沾了沾脸,稍稍转向皮特的方向,"你明白了她在做什么,你走过去站在房间门口,然后我起身站在你身后,我尖叫着,妈妈,不要,噢,不要,妈妈!她不停地剪着我的衣服,把碎片扔到地板和床上。然后她走出房间,上楼去了。"薇姬坐着,眼睛盯着地板。"噢,我的上帝,"薇姬说,"她恨我——非常恨。"

"但她是缝衣服的呀，"露西说，"她到底为什么要剪你的衣服？"

"噢，第二天她又把它们缝在一起了，用她的机器。"薇姬无精打采地举起一只手。"她只是把碎片拼在一起缝好，所以我看上去就像，我不知道，我看上去更像一个白痴了。"薇姬说着，凝视着前方。

过了好一阵子，皮特仍然坐在椅子上，前倾着身子说："听着，你们俩，最近我一直在想她，我是这么认为的：我觉得她这个人就不正常。"

许久，他的妹妹们什么也没说。随后露西说："好吧，有可能。而且她还要对付爸爸。"露西补充说："不过她很坚强。"

"什么意思？"薇姬问。

"她有勇气。她坚持住了。"

"她能怎么办？她哪儿也去不了。"薇姬看着她上衣的下摆，又试图把它往下拉。

"她本可以离开我们。她可以靠缝纫手艺赚钱。只为她自己赚。但她没有。"露西说，然后合上了嘴唇。

"你知道我最恨什么吗？"薇姬瞥了一眼露西和皮特，几乎是心平气和地说，"做爱的声音。只要爸爸没有到处转悠、拨弄着他的老二，他们就会在那上面搞——"她指着天花板，"那声音让我恶心，床晃个不停，还有他发出的声音。我从来没听过哪个男人在做爱时发出他那种声音。"她擤了擤鼻子，"乖乖，受了那么多年的罪，你该怎么尝试正常的性生活？"

皮特说："我从来就没有。我是说，没有试过。"他的脸很快变得滚烫，噢，他很尴尬。但薇姬对他报以微笑，于是他又说："不过我明白你的意思。我的卧室正好挨着他们的，天啊——"他飞快地摇了摇头，更像是在发抖，"就好像我跟他们一起在里面一样。"

薇姬说："等等，你知道吗？声音都是他发出来的。她从来都一声不吭。"

皮特以前从来没有想过这个。"嘿，你说得对，"他说，"你说得对。她从来没有发出过任何声音。"

"噢上帝啊，"薇姬说，她叹了口气，"噢，可怜的——"

"别说了，"露西说，"我们别说这个了。这没有任何好处。"

"但这是真的，"薇姬说，"这全都是真的。我们还能和谁谈论这事呢？露西，你为什么不写一个母亲剪了她女儿衣服的故事？你不是想写真话吗？我是认真的。写一个吧。"

露西正在穿鞋。"我不想写这个故事。"她的声音听起来很生气。

皮特说:"谁会想读这个故事呢?"

"我会。"薇姬说。

"我仍然喜欢读讲述草原上那家人的书,"皮特说,"还记得那套书吗?它们放在楼上。"

"我写不了,"露西说,"我写不了。"

"那就别写了,"薇姬说,耸了耸肩,"我就是说——噢,我的上帝,我现在想起来了——"

露西站了起来。"别说了。"她说。她的脸颊上方有两团红。"别说了。"她重复道。"不要再说了。"她看看薇姬,又看看皮特。她说——她的声音响亮而发颤——"没那么糟。"她的嗓门抬高了,"不,我是认真的。"

房间里一片寂静。

过了一会儿,薇姬平静地说:"事情就是那么糟,露西。"

露西看着天花板,随后她开始甩动双手,就像她刚洗完手但没有毛巾擦似的。"我受不了了,"她说,"噢,上帝啊,帮帮我吧。我受不了了,我受不了了,我不——"

然后皮特明白了,她受不了这栋房子,或者受不了待在阿姆加什,她陷入了恐惧之中,就像他害怕理发一样,只不过露西的恐惧比他强烈得多。

"好吧,露西,"他说,他站起来走向她,"现在放松点。"

"是的,"露西说,"是的。不。我不知道该怎么办。我不知道——"她似乎在喘气。"你们,"她说,看看一个又看看另一个,她使劲眨着眼,"我不知道该怎么办。帮帮我,噢,上帝——"她不停地甩着手,幅度越来越大。

"露西,"薇姬说,她从沙发上起身,走向她的妹妹,"现在你要控制住自己——"

"我不行,"露西说,"我做不到。我就是做不到——噢,帮帮我。"她又坐回到沙发上。"看,我就是不知道——噢,上帝——"她抬头看着她哥哥。"噢,亲爱的上帝,请帮帮我。"她又站起来,疯狂地甩着手,"我不知道该怎么办,我不知道该怎么办——"

薇姬和皮特面面相觑。

"我的恐慌症发作了,"露西对他们说,"我很久没有犯过了,但这次很严重,噢,上帝,噢,亲爱的上帝。噢,耶稣,噢,上帝——好吧,现在听我说,你们俩,听我说。皮特,你能开我的车吗?然后薇姬,我和你坐一辆车行吗?求你了,噢,你可以吗,我必须——我必须——"

"开车送你去哪儿?"薇姬问。

"芝加哥。德雷克酒店。我必须回去,我必须——"

"去芝加哥?"薇姬问,"你想让我开车送你去芝加哥?那差不多得开两个半小时。"

"是的,你可以吗?噢,上帝,我很抱歉,我很抱歉,我不能,我不能,我不能——"

薇姬看着腕表。她深吸了一口气,有一刻睁大了眼睛,随后转身拿起她的红色皮夹。"我们去芝加哥吧。"她对皮特说。

"噢上帝,谢谢你,谢谢你——"露西已经在开门了。

皮特用口型对薇姬说:我从来没去过那儿。薇姬也用口型回答他:我知道,但我去过。她指着自己的胸口。

*

尽管有太阳,天气并不炎热。空气中有一种清澈,预示着即将到来的秋天。皮特钻进露西租来的白色汽车,等待薇姬掉头开过来的时候,他感受到了这一切。露西的车闻起来很新,而且很干净。随后,他跟着他的妹妹们开到外面的主路上。他无法相信他正驶往芝加哥。他有种自己可能会死的感觉。他沿着起初还熟悉的窄路行驶，然后跟着妹妹的车开上了大路。太阳缓慢地滑过天空，他稳稳地行驶在他妹妹的后面。一个多小时过去了。他能看见她们，薇姬，她的肩膀很宽，她时不时转过去看着露西，露西的头更低一些，坐在副驾驶座上。他开啊开啊。他驶过橡树和枫树，驶过四周画着美国国旗的巨大谷仓，驶过一块写着"枪支与记忆"的标志牌。他驶过一片堆满约翰·迪尔牌卡车与机器的巨大的区域，驶过一块写着"'一日得'植牙，144美元"的广告牌，驶过一座废弃的购物中心，水泥停车场里荒草丛生。他握着方向盘的手掌在出汗。还要开很长时间。

他妹妹的车突然闪着车灯，放慢了速度，薇姬把车停到了应急车道上。皮特只好迅速踩下刹车，即使如此他还是超过了妹妹，但他把车停在了她前面。

他下车时，一辆卡车从他身边飞驰而过，卷起一阵狂风。露西正从薇姬的副驾驶座一侧下车，接着朝他跑过来。"我没事，皮特。"她说。他觉得她的眼睛变小了。她短暂地搂了他一下，头撞在他的下巴上。"真心感谢你，"她说，"现在你可以走了，我自己能开进城。"

"你确定吗?"另一辆卡车从他们身边疾驰而过,离得非常近,他感到困惑,还有些害怕。"露西,小心点。"

露西说:"我爱你,皮特。"然后她就走了,钻进她租来的白色汽车,他等待着,看着她把座椅调高。她把头伸出打开的车窗。"走吧,走吧。"她喊道,挥着胳膊。然后她又喊了些别的什么,皮特往回朝她走了几步。"告诉薇姬,记住安娜-玛丽的事,告诉她,皮特!"

于是,他向她挥了挥手,然后转身钻进薇姬的车,车座上仍然留有露西的体温。座位下方有空汽水罐,他的脚不得不绕开它们。皮特和薇姬跟着露西,直到他们来到下一个出口,然后他们掉转头往回开。皮特的脑海中浮现出露西的白色汽车沿着公路开进城市的画面。他感到震惊。

过了几分钟,他们开回正道上之后,薇姬说:"好吧。嗯,事情是这样的。"她一边开车,一边瞥了一眼皮特,"露西疯了。"

"真的吗?"

"她彻底疯了。她一直哭着说,对不起,对不起,最后我终于说,露西,别说对不起了,没事的。但她不停地说,不,我来是错的,走也是错的,都是我的错。我说，露西，马上住嘴。你逃出去了，你有了新生活，就待在外面吧，没事的。她就是哭个不停，皮特。这有点吓人。我说，你为什么不给你丈夫打个电话？她说他在排练之类的，她晚点再打给他，然后我说，好吧，那打给你的女儿试试，她说，噢，不，她不能让女儿听见她这样。"

皮特盯着储物箱，箱底有几条痕迹，像是很久之前咖啡洒在上面留下的。"哇噢，"他说，"我不知道该说什么。"

"没事。"薇姬超过一辆车，开回到车道上，"不管怎样，她吃了一片药，然后说恐慌症是多么——我不记得她说的是什么了，但她冷静了下来，让我靠边停车，这样我们就不用开进城了。但是，皮特，那真让人难过。她那么瘦小，而且她——你在网上看到她——"薇姬陷入了沉默。她坐直身子，一只手开车，另一只手摸着下巴。她的手肘放在身边的扶手上。他们就这样行驶了很久。

最后，薇姬直视着前方的道路说："她没疯，皮特。她只是受不了回到这里。这对她来说太难了。"

在和格普蒂尔夫妇去卡莱尔的施粥所的路上，皮特曾注意到他们之间是多么恩爱。谢莉经常会在汤米开车的时候，把她的手放在他的胳膊上。皮特对此很好奇,像那样自由、随意地触碰别人是怎样的感觉。他原本想——只不过不是真的想——此刻把自己的手放到妹妹的胳膊上,这个涂上口红来看大名人露西的妹妹,但他只是安静地坐在她身边。

最后薇姬说:"我真不应该提过去那些事。"

"不,薇姬。你怎么会知道呢?而且剪衣服那事是我说起的。"

他们开着车,太阳在车边发出炫目的光。他们又一次经过画着美国国旗的谷仓,只是这次在他们的另一边,随后皮特又一次看见了路对面堆满约翰·迪尔牌绿色和黄色机器的一大片地方。他坐在薇姬身边,感到非常安全。他一直在考虑怎么告诉她,最后他说:"薇姬,你真棒。"

她发出厌恶的声音,瞟了他一眼,他说:"不,真的,你真的很棒。露西让我提醒你记得那个叫安妮-玛丽的女人。"

"是安娜-玛丽。"然后薇姬说:"她这是什么意思?"

"我想她的意思也是你很棒,我觉得她说的是这个意思。"皮特的脚绕着地上的汽水罐挪动。

他们默不作声地行驶了很远。他用余光看着他的妹妹,他觉得她车开得很好。他喜欢她庞大的身躯,喜欢她占满座椅,还有她开车时不容置疑的样子。他希望他能告诉她这个,他希望他能说些什么,而不仅仅是她"很棒"。最后他说:"薇姬,我们后来过得没那么糟,是吧?"

她瞥了他一眼,翻了个白眼。"是的,没错。"她说。然后她又说:"嗯,我们又没有杀人放火,如果你是这个意思的话。"她短促地笑了一声,像是从她身体最深处冒出来的。

皮特希望这趟旅程能永远继续下去。他希望他们一路开着车时,他能就这样坐在妹妹的身边。

但他认出了他们现在的位置。道路正在变窄。他看见一株已经开始变红的枫树的树梢,看见了佩德森家谷仓周围的田野。最后,他们终于回来了。薇姬把车开到路边,然后驶进车道,在他们面前的正是那座疲惫的小房子,百叶窗开着。薇姬熄了火。过了一会儿,皮特说:"嘿,薇姬,你想要那块地毯吗?"

薇姬把一根手指放在眼镜中间,往鼻梁上推了推。"当然了,为什么不呢?"她说。但她没有做出下车的动作,于是他们凝视着那座房子,沉默地坐着。

多蒂的家庭旅馆

他们从东部来,姓斯莫尔。

多蒂一直记得这个,因为那位丈夫块头很大,总是一脸愠怒,在多蒂的想象中,这至少部分是由于他一辈子都在回应关于他姓氏[1]的议论。当然,多蒂完全没有参与这种议论——一句话都没说过!斯莫尔太太是通过电话预订的,因此,多蒂知道他们并不年轻。不仅因为斯莫尔太太的声音透露了这点,而且如今大多数人都在网上办事了。事实上,多蒂比斯莫尔太太还年长一些,但多蒂却像一条渴望水源的白鲑一样沉迷于网络。她很遗憾在她年轻时还没有互联网,她确信她本可以凭头脑干出一番事业,而不是在过去的这么多年里靠出租房间谋生。她本来可以赚大钱的!但多蒂并不是个爱抱怨的女人,她那正派的埃德娜姨妈在某年夏天教育过她——好像是一百年前的事了,实

---

[1] "斯莫尔"(Small)有"小"的意思。

际上也差不多——一个抱怨的女人,就是在把污泥挤进上帝的指甲缝里,这个形象多蒂从来没能完全摆脱。多蒂是个小个子女人,一本正经,拥有和她中西部的祖先一样的好皮肤,从各方面来看——即很多方面——她在自己和其他人眼中都表现得不错。这一次,她为斯莫尔夫妇预留了房间。两周之后,一个高大的白发男子走进门来,说道:"理查德·斯莫尔医生有预订。"斯莫尔医生的这句话显然包括了他的妻子,她跟在他后面走进来,但他根本没提她。

站在前台,他用糟糕的笔迹进行登记,渐渐流露出烦躁的神情,而斯莫尔太太——她非常瘦,整个人显得很紧张——彬彬有礼地环视着休息室,随后对墙上剧院的老照片产生了兴趣,她好像特别喜欢挂在旁边的一张图书馆的照片。照片上是一九四〇年时的图书馆,红砖青藤的老式风格,于是多蒂立刻对这个女人——还有她的丈夫!——产生了一种判断。当然,干这一行,多蒂总会立刻对人有判断。有时候,多蒂也不免错得离谱。但对于斯莫尔一家,她没有弄错:斯莫尔医生很快抱怨起房间里没有放手提箱的行李架,多蒂自然也没有告诉他,当你让妻子打电话来订最便宜的房间时,就是会发生这种事;相反,她说在大厅尽头还有一个房间,可能会让他们更满意。那是"小兔子屋"——她这么叫它,是因为以前她有收集毛绒兔子玩具的习惯。她的丈夫每逢节日都送她一只,朋友也送,所以后来多蒂把它们都放到了一个房间,而且,真的,人们有时会为它们疯狂。女人们,还有男同性恋者,那些兔子让他们浮想联翩,他们会让兔子用不同的声音说话,等等。多蒂曾在旅馆里放了一本意见簿,直到人们在上面写了一些在"小兔子屋"里看见了鬼之类的蠢话。但"小兔子屋"里有两张床,以及一个矮柜子,斯莫尔医生可以把手提箱放在上面。那天晚上,多蒂透过墙听见斯莫尔太太发出一段持续的轻声独白,她丈夫只是简短地回应了一两次。多蒂听不清多少内容,但她知道了他是来这里参加心脏病学会议的,而多蒂觉得,他不住在会议所在城市里的大酒店,最有可能的原因是随着年岁渐长,他不再真正受人尊敬了。而且他无法忍受看见年轻的同事们在晚上纵情欢笑,因此他来到了这里——多蒂的家庭旅馆,在这里他即使受到冷落也无人注意。"是医师。"她想象他在早餐时会这么说,因为所有不想被当成学者[1]的男医生都会这么说,多蒂后来明白了,医生似乎自认为比学者优越得多。多蒂已不再

---

[1] 英文中"医生"(doctor)一词也有"博士"的意思。

关心谁对谁有优越感,但在这一行里,你总会注意到一些事情。即使你一直紧闭双眼,还是不免注意到什么。多蒂认为,斯莫尔医生的时代,他的个人历史、他本人的职业生涯,都已经过去了,而他无法忍受这一切。她确信他对电子病历、电子化的成本,以及他再也挣不到那么多钱的事实大为不满。噢,她并不为他感到难过。

但是他的妻子却令她吃惊。

当多蒂看到斯莫尔夫妇这样的伉俪时,有时会感到宽慰,几年前痛苦的离婚至少让她免于成为另一个斯莫尔太太——换句话说,一个神经质、有些爱发牢骚的女人,而丈夫的无视自然又让她愈发神经质。这种事你总是能遇到。而当多蒂遇到这种事时,她想起自己总是——很奇怪,她觉得这很奇怪——在丈夫不在的时候,表现得更像是一个坚强的女人,尽管她每天都在想念他。

但事实上,在吃早餐时,斯莫尔太太——她的丈夫没有和她说话,而是在查看一个活页夹,里面可能装着他白天要用的材料——突然唱起了歌。她一直在翻看多蒂放在篮子里的一沓过期的剧院节目单,在等她的吐司面包时,她喊了出来:"噢,我喜欢吉尔伯特与沙利文的那部剧。"然后她唱起了《皮纳福号军舰》中的一首合唱曲——仅一桌之隔还坐着另外两个客人。多蒂以为斯莫尔医生会阻止她,但他和她一起唱了几小节,这让多蒂的心里暖暖的。确实如此,虽然她总是很自然地害怕打扰到别的客人,但其他人似乎并不介意,甚至压根没有注意到,多蒂明白,人们大多只关注自己。

斯莫尔医生要了燕麦粥,他妻子则要了全麦吐司——多蒂注意到她一身黑衣——几分钟后他妻子说:"理查德,快看。安妮·阿普尔比!看,这儿写着呢,她在《圣诞颂歌》里饰演玛莎·克拉奇特,八年前的事了。看啊。"她用手指在节目单上轻轻戳了一下,随后他从她手里拿走了节目单。

"一切还好吗?"多蒂问,一边把食物放在桌上。她喜欢用类似英国人的腔调说这句话,虽然多蒂这辈子从没去过英国。

斯莫尔太太的眼睛闪着光,她转身对着多蒂:"安妮·阿普尔比曾经是我们的朋友。嗯,她是我们认识的人。她是我们——"她的丈夫用一种老夫老妻间常用的微妙手势打断了她,于是他们默默地吃完了早餐。

上午过半,他们一起离开了旅店。他们离开了旅店,这是每个来到这里的人都会做的:离开。多蒂总是会意识到，人们来这里是为了拜访别的人，或者——就像斯莫尔夫妇一样——投入他们的生意世界，或者通常是为了看望在上大学的孩子。无论是什么缘由，他们都和伊利诺伊州杰尼斯堡这个小城的某个东西联系在一起了。他们带着目的走到外面的街上。巨大的橡木房门关上了，凸显着这一点，还有他们刚走上前廊时压低的声音，无可避免的肆意低语——嗯，这也是生意的一部分。

*

午饭时间刚过，斯莫尔太太就一个人回来了。她从脖子上解下围巾，在休息室里闲荡了一会儿，看着墙上的老照片，此时多蒂正在桌子后面工作。"我叫雪莉，"斯莫尔太太说，"我不知道之前我是否认真介绍过自己。"多蒂说她能住这里真好，接着继续干自己的活。人们有时会在这种旅馆里感到困惑，不知道应该表现得有多友好，而多蒂懂得这一点。她尝试着去通融。多蒂年轻的时候穷困潦倒，在之后的很多年里——远超必要的时间——每当走进一家商店，无论是服装店、肉铺，还是糕点店、百货商店，她都可能被店家盯住，接着被要求离开。多蒂珍视这种屈辱。任何走进她家庭旅馆的人都绝不会有这种感受。雪莉·斯莫尔，她没有流露出任何曾经遭受贫穷的迹象——当然，谁也不知道——却真的非常紧张。多蒂意识到了这一点。过了几分钟，雪莉又说起了女演员安妮·阿普尔比。雪莉站着观看剧院的那张照片，对多蒂说，但没有看着她："我经常想起安妮。可以说，比我所需要的频繁得多。"雪莉飞快地冲多蒂笑了笑，脸上掠过的神情让多蒂有一刻觉得仿佛一条小鱼游过了她的胃，她辨认出这种感觉是一种症状——嗯，近乎怜悯的症状，尽管怜悯是一种令人困惑的情感，多蒂讨厌别人怜悯自己，她知道以前有人这样做过。

多蒂突然问这个女人想不想喝杯茶，雪莉说："噢，再好不过了。"于是她们在起居室里坐下，其实就是旅店的门厅。雪莉·斯莫尔只啜了一口茶，借用戏剧舞台上的说法，那不过是个道具，一样家当罢了，让她得以在那个秋日坐在多蒂的房子里，感受房间里变幻的光影。多蒂发现，那杯茶给予了她开口的许可。

后来，多蒂尽了最大努力，回忆了这次交谈，以下是雪莉所说的主要内容：

斯莫尔医生多年前曾在越南服役，同行的是另一位医生，一个名叫大卫·赛沃尔的男人。雪莉声称，他们在越南从未遇到过危险。那里很无聊，真的。战争快结束时，他们在安全地区的一所医院里工作，不断接到通知让他们及时离开这个国家，他们没有在西贡陷落时被吊在直升机上，从来没有这种事，他们甚至在医院里也没见过多少"可怕的东西"，真的——雪莉不想让多蒂觉得他们像很多人那样受到了精神创伤……噢，你知道，那些服过役的人——好吧。她轻柔地用手拍着穿黑色宽松裤的大腿。好吧。理查德从战场回家后，在一列开往波士顿的火车上遇到了雪莉，一年后他们结婚了，大卫是伴郎。大卫后来当了精神科医生，娶了一个非常漂亮的女人，名叫伊萨。他们有三个儿子。斯莫尔一家和赛沃尔一家是朋友——他们住在波士顿城外的同一个镇子上，都参与了为管弦乐队筹款的事，而且，噢，你知道，事情总是这样，你结交了一群朋友，而赛沃尔一家是他们的朋友。他的妻子伊萨一直有点儿古怪，难以捉摸，非常拘束，但她是个好女人。所有人都知道，大卫嗜酒如命，但他可以做到不带酒气地出现在办公室里，医生和牧师，这两种职业的人身上绝对不能有酒气——还有他们的儿子，噢，这不重要，他们就像所有的儿子一样，有两个后来过得不错，另一个不太好。伊萨总是很担心，大卫常常很严厉，重点是，结婚三十年后，大卫和伊萨离婚了。大家都很震惊。你会下注赌其他夫妇分手，却不会出哪怕一分钱赌赛沃尔夫妇分手，但事实就是这样。雪莉·斯莫尔抬起她纤细的手腕，手掌向上，微微耸了耸肩，莫名显得很严肃。"我们有自己的麻烦，你知道，"她说，"多年来，我一直把一个离婚律师的名片存在我的书桌抽屉里，直到我们将湖边的小屋翻新，作为我们的退休居所。"她说。多蒂只点了一下头。

分手是伊萨造成的，她在绘画班上找了个男人，讽刺的是，绘画班是大卫缠着她要她报名的，因为他觉得她意志消沉。大卫怒不可遏，完全崩溃了。有几次他来到斯莫尔家，哭上一场，老实说，看到这情景，雪莉感到很煎熬。或许这种想法很老派，但她就是不喜欢看到一个成年男人哭泣。理查德是个好人——这件事让他烦躁，他觉得很累，但还是处之泰然，就像任何好朋友会做的那样。

接下来的几年里，大卫带来过形形色色的女人，噢，雪莉不打算说她们，因为她们不是重点。重点是安妮。安妮·阿普尔比。说到这里雪莉坐直了一些，稍稍向多蒂倾着身子，说："她真的很特别。"

多蒂觉得听她说这些并不困难。

"关于安妮——噢,首先你得知道她非常高。大概有六英尺[1],而且很瘦,所以她看起来真的很高,她留着深色的长卷发,几乎是螺旋状的——说实话,我经常怀疑她有什么别的混血成分,你知道,也许有些别的,除了北美印第安人的血统。她从缅因州来。她的脸很美、很美,有着最精致的面容和蓝眼睛,而且——噢,我该怎么说呢?她就是能让你高兴。她热爱一切。大卫第一次带她来的时候——"

多蒂问他们是怎么认识的。

雪莉涨红了脸颊:"我要是告诉你,理查德会杀了我的,但是,她是大卫的病人。好吧,他本来可能会丢掉执照,但他处理得很好。他说他不能再当她的精神病医生了——听着,重点是这种事有时候会发生,这次就发生在他们身上,他把她带回来了——不过当然了,他们必须隐瞒彼此是怎么认识的,他们编了个故事,说她的母亲在大学里认识了他,这完全是胡说。安妮来自缅因州的一个土豆农场,看在上帝的分儿上,但她从十六岁起就是个演员了,刚离开家,显然没人在乎,即使她比大卫小二十七岁,似乎也没有任何影

---

[1] 1 英尺 =30.48 厘米。

响,他们很幸福。你就是会喜欢和他们打交道。"

雪莉停下来,咬着嘴唇。她的头发是浅草莓红色的,曾经是红棕色,如今则像年老女性的头发一样变得稀疏,她把它剪短了——多蒂脑中想到的是"合适"这个词——长度正好到下巴上方。雪莉可能不会做出什么大胆的事,她很可能从来都没做过。

"你知道,"她说,"理查德不确定他想不想搬到湖边。"

多蒂扬起眉毛,虽然她的确认为东部人不需要鼓励也会勇往直前,中西部的人却绝不会这样。缺乏自制在中西部不是美德。

"但那是另一回事了。"雪莉说,"好吧,差不多是。"她说。

不知什么缘故,或许只是太阳斜照在硬木地板上的景象,让多蒂猛然回忆起童年的一个夏天,当时她被送往密苏里州的汉尼拔,去一个年老、陌生的亲戚那里待上几周。她是独自去的——她亲爱的哥哥艾贝尔在当地剧院找到了一份领座员的工作,因而留在了家里——多蒂被吓坏了。像一些习惯了贫穷的孩子一样,她懵懵懂懂,对人言听计从。为什么她正派的埃德娜姨妈无法像以前一样接受她,多蒂至今都不明白。她唯一能回想起的，是她在《读者文摘》上读到的一篇文章，它就堆在一个满是灰尘的窗台上，在许多毫无意义的杂志中间，文章讲述的是一个女人的故事，她的丈夫曾在朝鲜服役。那时她和孩子们待在家里，这位妻子——写了这篇文章的女人——生活在美国的某个地方，抚养孩子，等待丈夫的每一封来信。他终于回来了，一家人十分高兴。大约一年之后的某一天，当时她的丈夫在上班，孩子在学校，有人来敲门。一个小个子的朝鲜女人站在那里，怀里抱着一个婴儿。以多蒂当时的年龄，她的心理依然很幼稚，尽管她已对生活有所领会，或者不妨说她已从生活中有所吸收，因为人们都是先吸收而后领会——如果真能领会的话。当多蒂读到这篇文章时，她想象着那个开门的女人，她的心几乎要从喉咙里跳出来了。丈夫坦白了：他为这混乱的一切感到抱歉，他决定和他坚贞的妻子离婚，娶这个朝鲜女人为妻，和她一起抚养孩子。而这个坚贞的妻子在心碎的同时选择了帮助他们，也就是说，她允许她的孩子去她丈夫的新家。她还给这个年轻女人一些建议，把她送进英语班。当丈夫突然去世后，第一任妻子收留了年轻女人和她的孩子，帮助他们自立，直到他们可以搬到别处安定下来。甚至在当时，在她写这篇文章的时候，她还在资助这个孩子完成大学学业。这是个真正的基督教故事，如果真有这种故事的话。所有这一切深深触动了多蒂。她默然而无度地哭泣，年轻女孩的眼泪滚落脸颊，滴落到纸页上。这个遭到背叛而心肠慈悲的女人，成了多蒂心中的英雄。这个女人原谅了所有人。

轮到多蒂自己敲门时，她自然想起了这个故事。她开始明白人们必须做出决定，真的，决定自己将如何生活。

*

雪莉·斯莫尔坐在扶手椅上，神情痛苦地望着地板，多蒂说："房子在哪里，雪莉？"

"在新罕布什尔州的一个湖边。"雪莉来了精神，坐直了一些，"我们几年前买下了这个小屋子，是个漂亮的小地方，如果可以的话，我们会在周末还有夏天去那儿，度过八月的大部分时间，我喜欢那里。我喜欢看水天一色的景象，四月份那里还会有开花的月桂树，真的很美。我希望我们能在那里养老。"

"为什么不呢？"多蒂说。

"我告诉你为什么不行。理查德不赞成。随着时间推移，"雪莉坐在椅子上往前倾，"随着时间推移，你看——噢，我这么说吧，做医生的妻子可不是什么美差。说实话，医生总觉得自己无比重要。我带孩子时，他会告诉我我做得不对，但当学校打电话来，说刚刚发现夏洛特把女厕所弄得一片狼藉的时候，他人在哪儿呢？哈，当然是没影儿了。"她突然大笑起来。"好吧，我终于在结婚后第一次表达了抗议，我说，如果你不打算和我一起把这栋小屋改造成我们的养老之家，那你就不是我心目中的你，也不是我需要的人了。"她挥了挥纤细的手臂，"都是过去的事了。我设计了一栋漂亮的房子，土地分区法的唯一要求就是保留房子的原始面积，你知道的，照做就行了，保留原始面积，然后我从波士顿找了几个建筑师，花了将近两年时间，它最终建好了，一座漂亮的房子，我们可以往上盖——它有四层，你知道——也可以往下盖，往地下挖一点，所以它其实有四层半，真是座漂亮的房子。周末我们有朋友过来，我们会在那里养老，用不了多久了。理查德对当今事物的运行方式十分厌倦。再没有人能真正靠医学过上体面的生活了。"

"再说说安妮那个女孩的事吧。"多蒂说。

雪莉露出了一种急切的神情。"她算不上是个女孩了，但她看上去确实如此。她看着确实像个女孩。"然后雪莉轻声而从容地说了起来。天色越来越暗，这时门开了,她的丈夫走了进来,多蒂立刻看出他对于他妻子和旅馆老板坐在起居室里,就着两杯没喝的、已经放凉的茶聊天是多么鄙夷。他简短地说了几句,然后径直走向他们的房间,雪莉偷偷朝多蒂微笑了一下,拿上东西跟了过去。

*

安妮·阿普尔比和雪莉描述的差不多:多蒂找到了采访、评论、博客,当然还有照片,这个女孩的确很特别。她没有女演员们惯有的那种毫不掩饰、光芒四射的特质,她们的笑容仿佛能从照片中溢出再钻进你的膝盖。而男演员们在多蒂看来则非常孩子气,从他们在电视上愚蠢的采访以及网络上的表现就能看出,但安妮看上去并不是那样。她看上去好像可以让你永远盯着她看,却无法得知你想知道的事,她不会让你知道的。这是种非常吸引人的特质。多蒂能想象一个精神科医生在她这样的病人面前会遇到的麻烦:她每周都从房间的另一头盯着他看,或者躺下,或者做任何一个去看精神科的病人可能做的事。不过,安妮似乎不做演员有一阵子了。多蒂找不到任何有关她目前动态的消息。

*

雪莉说在安妮与大卫最后一次来访时,她曾和安妮一起绕着湖散步,那是安妮和大卫第一次见到那栋新房子。新房子的楼下有一间客房,安妮和大卫马上把他们的包拿了进去,安妮说,噢,真美啊,雪莉,你真是太棒了!随后他们沿着湖散步,男人走在女人前面,雪莉告诉了安妮一些事。多蒂自然很好奇:是什么事?雪莉自然没等她问就告诉了她。"我告诉安妮,我现在老了,生活变得不一样了。我是说,"雪莉边说边把裤子的上端弄平整,"安妮有这种特质,让你觉得你真的能和她谈心,所以那天,他们最后来湖边那次,我告诉她我还记得很多年前,当我还是个年轻姑娘的时候,一个男人在音乐厅里从我身边经过,说,哇,你真漂亮。我把这事告诉了安妮。我说,再也不会有人对我说我很漂亮了。"

多蒂不得不花了一分钟来充分领会这段话。"她怎么说的?"多蒂问。

雪莉昂起头:"我不太记得了。她有种天赋,就是不怎么说话,只是听着,然后你就觉得一切都会好的。"

多蒂觉得,那天雪莉说再不会有人对她说她很漂亮了,这一定让安妮很为难。雪莉·斯莫尔的容颜已逝。或许她曾经风韵犹存，但多蒂看不出来。

"我还告诉了她别的事，"雪莉说，"我告诉她我有多担心孩子们的婚姻。我的小女儿，噢，她变得相当……胖，我真的搞不懂。就在前一个周末他们来过湖边，我听到她丈夫劝她多吃点。这些我都和安妮说了。我说，他为什么要那么做？安妮说她不知道。我告诉她，我的另一个女儿想换工作想疯了——嗯，我对她讲了一些私事。"

"是的，我明白。"多蒂说。

"但有一件事——"雪莉并拢双腿，身体前倾，双手紧握放在瘦小的膝盖上，"安妮和大卫分手后，我打电话给安妮，说她可以自己到湖边来，我们随时欢迎她，我留了言，但她一直没回过电话。从来没有。于是有一次，大卫来这里哭的时候——他就那么哭个不停，就和伊萨离开他时一样——我告诉他，安妮从来没给我回过电话，他说：'她当然不会给你回电话了，雪莉。安妮觉得你很可悲！她觉得你是个白痴！'"

她不会这么想的，雪莉回答说，甚至连理查德也让大卫放松点。"她就是这么想的。"大卫说。雪莉当然很震惊，于是她说："噢，大卫，你知道的，反正这整件事都有点不现实，光是年龄的差别就不现实。"大卫盯着湖水说："年龄的差别。我对年龄的差别是这么看的：人们认为女孩喜欢年长的男人，是因为她们想要个父亲。经典的理论。但女孩想找年长的男人，是因为这样她们就可以对你颐指气使。她们想当家做主，我告诉你吧。她就是个婊子。"

这让雪莉非常不舒服，她告诉男人们她要去准备晚饭了，然后她犹豫着说："大卫，我把你的东西放到楼下的客房里了，但也许你不想住那儿，因为，你知道——那里是——"

"那里什么也不是，"大卫说，"安妮躲在那里不见我，还说她讨厌这座巨大的新房子。她说：'这座房子是雪莉的阴茎。'她就是这么说的。"

这时雪莉停止了讲故事。清清楚楚地，泪水涌上了她的眼睛。

多蒂想放声大笑。噢，她真的笑了。多蒂觉得这是她许久以来听过最好笑的事了。然后她抬头瞥了雪莉一眼，发现尽管她一直认为自己——多蒂——在世人面前总是一脸淡定，雪莉·斯莫尔却察觉到了多蒂想笑，她非常愤怒。噢，她会大发雷霆的，多蒂明白。毕竟这个女人故事的重点在于，安妮羞辱了她。羞辱不应该被嘲笑，多蒂很清楚这点。

一片寂静。

多蒂整理了一下她坐的椅子扶手上盖着的针织

衬垫。她感觉到内心五味杂陈。她同情雪莉。但从穿过房间的光线中，多蒂断定雪莉一定说了将近两个小时了，都在说她自己。噢，也说了安妮、大卫和她的女儿们，但其实就是在说她自己。要是多蒂花这么久谈论自己，她会感觉像尿了裤子一样。这是文化差异的问题，多蒂知道，虽然她觉得自己花了很多年才明白。她认为这种文化差异的问题，如今在这个国家已被遗忘。文化包含阶级，在这个国家当然没人谈论这个，因为这不礼貌，但多蒂认为，人们不谈论阶级也是因为他们并不理解那是什么。比如，如果人们知道多蒂和她哥哥小时候吃过垃圾箱里的东西，他们会怎么想？她的哥哥多年来一直住在芝加哥城外的一栋豪宅里，经营着一家空调公司，多蒂干净爽利，非常关注世界大事，把这家旅馆管理得井井有条，人们对此又会怎么说呢？说她和哥哥艾贝尔是美国梦的化身，其他仍然在捡垃圾吃的人都活该如此？很多人私下里会这么认为。头发稀疏的雪莉·斯莫尔和她的大块头丈夫很可能就会这么认为。

雪莉·斯莫尔的成长环境让她爱谈论自己，仿佛全世界就数她最有意思。听她说话，多蒂简直钦佩不已。因为即使她——或许——发现了多蒂想笑，她也不会停下的。她这会儿正在谈论湖滨房所在的镇子上的居民，在房子翻修之前这些人是多么友善和热情，如今邻居们开车经过时却连手都不挥了。有个人停下车，摇下车窗，指责她用一座大房子把湖滨毁了。"噢，说实话，"雪莉说，"想想这有多愚蠢。我们没有改变初始的房屋面积！"

多蒂站起来走向她的办公桌，假装那里有什么东西引起了她的注意，这都是为了避免雪莉看见她的脸。"抱歉，如果我不把这张账单放在文件最上面，就没人会支付。"多蒂沙沙地翻动着文件，又说，"我不相信安妮说过任何那些关于你的话。她听上去不像会说那种话的人——完全不像。"

"但她真的说了！"雪莉在起居室的椅子上哭了起来。

"说你的房子是你的阴茎？"多蒂并不经常说"阴茎"这个词，她感到很享受。她从办公桌后绕了回来，又坐在雪莉身边。"那真的像是这位安妮会说的话吗？'大卫，这房子是雪莉的阴茎。'"

雪莉·斯莫尔的脸颊通红。"我不知道。"

"好吧，的确如此，"多蒂赞同道，"你不知道。但我想——如果你仔细思考的话——嗯，说你的房子是你的阴茎，这难道不像精神科医生会说的话吗？想想吧，斯莫尔太太。谁会用那套术语思考事情？

嘿,我和我的朋友或许会议论我们认识的人,但不会到处说他们的房子是他们的阴茎。看看这座房子。这是我的房子。你会对斯莫尔先生说——你今晚会对斯莫尔医生说,这栋房子,这间家庭旅馆,是那个女人的阴茎吗?"

就在这时,门开了,斯莫尔医生走了进来,带着一阵伊利诺伊州秋日的微风。"你们好吗,女士们?"他问道,然后解开上衣的扣子。"雪莉?"就好像这个可怜的妻子不该坐在那里和一个旅馆老板聊天似的。她跟着他回了房间。

*

直到斯莫尔夫妇入住之后,多蒂才明白,她在这个行业里的不同经历,让她感觉自己要么和别人紧紧相连,要么被别人利用了。比如,有一天在晚饭时间,这个亲爱的男人来了——一个几乎和她年纪相仿的男人,他开了一间房,然后还是决定看电视,她就和他坐在一起看一档英国喜剧节目——噢,多蒂觉得节目很有趣,她努力不让自己大声笑出来,因为这个男人没笑——她渐渐意识到他正深陷痛苦之中。他开始发出一种她从未听过的声音。这声音并非完全无涉性欲,却是一种极端痛苦的声音。无法言说的痛苦，她后来常常这样想。她轻声提问的时候，他就冲她比画，他们之间相互理解的程度让多蒂惊叹不已。首先，她问他需不需要看医生，他摇摇头，挥舞着一只手，表示这件事医生帮不上忙。泪水凌乱地从这个男人皱纹深重的脸上滑落。噢，保佑他可怜的灵魂吧，她记起他的时候常常这样想。好吧，她说，她挨着他坐在沙发上，他的目光如此锐利、深沉地看着她，她想，她从来没有被任何男人如此深沉地注视过，她自己也从未如此深沉地注视过任何男人，而他是绝对沉默的，尽管早些时候他要了一间房并征求看电视的许可，由此基本能肯定他会说话。她始终很冷静，并做出了一些陈述。他可以用点头表达赞同，或是用沮丧的摇头表示反对。比如，她说："我会留在这里，确保你没事。"他点点头，那双可怜而疲惫的眼睛在搜寻她的眼睛。她说："你好像出了什么事，但你会没事的，我觉得。"她说："我想让你知道，我并不感到害怕。"而这让他的眼里突然又涌出了泪水，他紧紧攥住她的手，几乎要把手捏断了。接着他举起那只手，多蒂认为那是一种道歉的手势。她说："别担心，我知道你没有恶意。"他悲伤地摇着头表示同意。多蒂已经没法回忆起每个细节了，但在她看来，从各方面看——显然包括很多方面——他们俩交流得很顺畅,而她通过询问得知,他可以在午夜吃一片药,睡上五小时。"好吧,"她说,"但是不要吃太多药,我说对了吗?"他点头。以这种方式——真的,这是件了不起的事——他们一起度过了整个晚上,他似乎在她面前洗净了自己的灵魂。午夜时她给他拿来水,陪他走到他的房间,告诉他自己房间的位置,如果他需要的话,然后她举起一根食指说:"不是在引诱你,我肯定你也明白,但我始终觉得最好把事情说清楚。"他几乎笑了出来,带着真正的开心,她看见他的眼神松弛了下来,然后他们都为她刚才说的话大笑起来,声音不大但相当开怀。他是早上七点离开的:一个高个子男人,在休息后面容一新,现在也不是那么难看了,他带着尴尬与真诚说了句"非常感谢你"。她没有问他要不要吃早餐,她看到了她本不该看到的事,看到了任何人都本不该看到的事,她清楚一个自己这样的女人给他端上鸡蛋和吐司时他会有多窘迫。

于是他离开了。他们总是会离开。

她保留了他的登记表,就像孩子会保留票根一样,作为一个特殊日子的纪念品。整件事有如春天的小溪一样坦诚。她从来没在网上查过他的信息,她也从来没想过去查。查理·麦考利是他的名字。有着无法言说的痛苦的查理·麦考利。

*

第二天吃早餐的时候，雪莉没有和多蒂打招呼，甚至没有为全麦吐司说一句谢谢。多蒂非常惊讶，这突如其来的刺痛让她泪眼蒙眬。但她随后明白了。有次多蒂读到过一句古老的非洲谚语："一个人吃了饭，就会变得害羞。"此时多蒂由雪莉想到了这句话。雪莉就像谚语里的那个人，在满足了自己的需要之后，她感觉到羞愧。她坦陈了比她想说的更多的事，现在多蒂莫名成了该怪罪的人。多蒂思考着这件事，一边在厨房和餐厅间来回走动，在她眼里，雪莉·斯莫尔这个女人所经受的只是最常见的痛苦罢了：生活根本没有变成她设想的那样。雪莉接受了生活带来的失望，把它们变成了一座房子。这座房子在合适的建筑师的巧妙改造下，没有逾越法律的雷池，却变成了像雪莉的欲望那样庞大的怪物。她不曾为女儿的肥胖流泪。不，眼泪只有在她抱怨自己的虚荣心遭到攻讦时才找上她。她在争夺房子的战争中击败了她的丈夫，但这还不够。多蒂没有对她说的是——因为不该由多蒂来说——雪莉拥有一个和她吃早餐时会当着周围陌生人突然唱起歌来的丈夫,而这并不是——恕我冒昧,多蒂觉得——一件小事。

倾听并不是消极的。真正的倾听是积极的,多蒂也真的在倾听。多蒂觉得,想想这个世界上正在发生的事情,雪莉的问题,她的羞辱,就并不算大事。想想那些死于饥饿的人、无缘无故被炸死的人、被自己的政府用毒气毒死的人,你自己选吧——这不是雪莉·斯莫尔的故事。不过多蒂同情她那些微小的——是的,微小——悲伤时刻。而此时,雪莉甚至连看着她的眼睛这样的礼数都做不到。如果连多蒂都不在乎这种事,她想知道谁会在乎!

雪莉转过头看了一眼,询问还有没有果酱,多蒂说有,当然有。在厨房里——这是种极为传统的报复方式——她朝果酱里吐了口水,搅了搅,又吐了一口,把她嘴里能攒出来的都吐了进去,然后开心地看到斯莫尔夫妇离开时果酱罐都空了。很可能在太初之时,人们就开始朝他们服务的人的食物里吐口水了。多蒂凭经验知道,这种事带来的轻松是短暂的,但大多数时候的轻松都是短暂的,这就是生活。

雪莉在外面待了一整天,夫妇俩直到很晚才回到他们的房间。那天夜里,多蒂听见——她很惊讶——从"小兔子屋"里屡屡传来压抑的偷笑声,她下了床，穿着拖鞋沿着过道走去。她听见了雪莉·斯莫尔取笑她的话，措辞让她无法忍受。这些话涉及多蒂显然很久没有使用过的身体部位，斯莫尔医生的评论则毫不意外地十分生动形象，他们聊得非常开心，就好像多蒂是个舞台上的小丑，被自己过大的鞋子绊倒在地。这就是属于他们的幽默。随后，正如多蒂料到会发生的那样，屋里响起了她正派的埃德娜姨妈所说的相爱的人会发出的声音。只是多蒂没有听见爱的声音——她听见了男人的声音，这让她想到为什么有些女人会把男人比作猪。多蒂从未把男人想象成猪，但这个男人真的很像。既恶心又迷人，令人毛骨悚然。站在过道上听着，她没有听见一个女人在享受丈夫之爱的声音。她听见的是一个竭尽所能好让自己比老妇人有优越感的女人的声音，如雪莉在几分钟前刚刚提到过的：一个古板到几乎对任何事物都很抵触的老妇人。换言之，雪莉·斯莫尔可以变身为一个性活跃的女人来缓解她自己的苦闷，这与多蒂不同。但多蒂看得出来，她并不是一个性欲旺盛的女人。雪莉一完事就钻进了浴室，多蒂认为这总是意味着一个女人没有从她的男人那里获得享受。

早上，斯莫尔医生一个人坐在餐桌边。"您妻子会来和您一起吃吗?"多蒂问。

"她在收拾行李,"他说,一边展开餐巾,"我想再来一份燕麦粥,你不用为她准备吃的。"

多蒂点点头,给他端来燕麦粥后,她去给另一对入住旅馆的夫妇办理退房。当她回到餐厅时,斯莫尔医生正站起身,把餐巾扔到燕麦粥的碗上。多蒂感到一阵深深的厌恶——她被利用了。

多蒂把手放在餐厅的一把椅子上,平静地说:"我不是个妓女,斯莫尔医生。那不是我的职业,你知道。"

不像他的妻子在惊讶或尴尬时会很快脸红,这个男人的脸色变得苍白,多蒂知道——因为多蒂知道很多事——这是个更糟糕的迹象。

"你这话到底是什么意思?"他终于说。他似乎是情不自禁地加了句:"我的上帝啊,女士。"

多蒂站在原地一动未动。"我说的话正是我的意思。我为客人提供床位,为他们供应早餐。我不为他们觉得无法忍受的生活提供建议。"她飞快地闭了下眼睛,然后继续说:"或者说是活受罪的婚姻生活,又或者是把他们的房子看作阴茎的可怜朋友带来的失落。这不是我做的事。"

"天啊,"斯莫尔医生说,他往后躲着她,"你是个疯子。"他撞上了一把椅子,简直快要跌倒了。他挺直身子，伸出一根手指对她摇晃着，说："你就不应该和人打交道，我的上帝。"他走进起居室，然后走上楼梯。"我很惊讶没人举报你，不过我怀疑确实有过。我要亲自上网举报，上帝啊。"

多蒂收拾了餐盘。她很快在不知不觉中平静了下来。从来没有人投诉过她，斯莫尔医生也不会的，他很可能不太会上网。她还记得第一天早上吃早餐时，他的材料都装在一个活页夹里。

多蒂等待着，直到她听见斯莫尔夫妇下楼梯的声音。她走过去为他们打开前门，她没有说"飞行平安"，因为她不在乎他们会不会飞到海里去，但当她看到雪莉的红鼻子，鼻尖上挂着一滴液体，多蒂在刹那间感到悲伤。而斯莫尔医生拿着手提箱从多蒂身边挤过去时说："真是个该死的疯子，上帝啊。"多蒂又感到了那种奇妙的平静。她礼貌地说："再会。"接着关上了他们身后的门。

她走到书桌后坐下。房子里一片寂静。几分钟后，她看见斯莫尔夫妇租的汽车从车道上开走，然后她从最上面的抽屉尽里面拿出一张纸条，上面写着那个可爱的男人的名字：查理·麦考利。有着无法言说的痛苦的查理·麦考利。多蒂吻了吻两根手指，然后按在了他的签名上。

雪盲

那时，他们住的那条路是一条土路，他们住在路的尽头，离四号公路大约一英里。这是北部盛产土豆的地区，那时阿普尔比家的孩子们还小，冬天极冷，冰天雪地，有好几个月道路似乎都狭窄得无法通行。那时的天气也不同，就像一个你躲不开的家庭成员，你没有多想就接受了它。埃尔金·阿普尔比在他最结实的拖拉机上装了一台坚固的扫雪机，这样他就能清扫出足够的空间，送孩子们上学了。埃尔金是在乡下的农场里长大的，他了解天气、了解土豆，还知道县里谁卖土豆时会偷偷在袋子里放石头增加重量。他是个神秘莫测的人，生活节俭，但家人知道他厌恶任何形式的不诚实。他也会出人意料地突然活跃起来。比如，他能惟妙惟肖地模仿上了年纪的勒维小姐——她管理着历史协会的那家小博物馆，"阿鲁斯图克县的第一个抽水马桶，"他会边说边缩回窄小的肩膀，好像他有对大胸似的，"属于一名据说经常殴打妻子的法官。"要么他会扮成一个讨饭的流浪汉，伸出手，蓝色的眼睛里满是乞求，他的孩子们会笑得发疯，直到他的妻子西尔维娅让他们平静下来。冬天的早上，他在车道上把车发动，刮掉车窗上的冰凌，尾气在他的周围蒸腾，一直等到孩子们跌跌撞撞地从撒了盐的落雪覆盖的台阶上走下来。路上还有另外三个孩子，戴格尔家的两个男孩和他们的妹妹沙琳，她的年纪和阿普尔比家最小的孩子相仿，那是一个名叫安妮的古怪的小姑娘。

安妮瘦小而活泼，有话痨的倾向，因此当这个孩子好几个小时独自在树林里玩树枝，或者在雪地里画出雪天使[1]的形状时，她的母亲并不是完全不高兴。安妮是阿普尔比家唯一继承了她母亲和外祖母阿卡迪亚人橄榄色皮肤和深色头发的孩子。看见她的红帽子和深色头顶从雪原上穿过，就像在喂鸟器里看见一只五子雀一样平常。安妮五岁时，一天早上在去幼儿园的路上，她告诉全车的小孩——她的哥哥姐姐、戴格尔家的男孩，以及沙琳——她在树林里的时候上帝和她说话了。她的姐姐说："你真蠢，你应该闭嘴。"安妮

---

[1] 雪天使：一种游戏。雪后躺在雪地上摆动四肢，可以画出类似天使的图案。

跳上她父亲旁边的座位，说："但他确实说了！上帝和我说话了。"姐姐问她上帝是怎么说话的，安妮回答："他把想法放到我脑子里了。"然后安妮抬头看着她父亲，当他转头看她的时候，她在父亲眼中看到了某种一直伴随着她的东西，某种还不太像她父亲的东西，某种似乎不好的东西。"你们都下车。"他说，把车停在学校前面，"我要和安妮谈谈。"车门砰地关上后，他对女儿说："你在树林里看到了什么？"

她想了想。"我看见了树和山雀。"

她的父亲沉默了很久，目光越过方向盘上方，凝视着前面。安妮从来没有像沙琳害怕她的父亲一样害怕自己的父亲。安妮不怕母亲——她是父母中和女儿更亲的那个，但并非更重要的那个。"现在走吧。"她父亲朝她点点头，她撑着身子越过座位，雪裤嘎吱作响，然后他弯下身子去开门，说了句"当心手指"，接着把门拉上。

*

就是在那一年里，杰米不喜欢他的老师。"他让我想吐。"杰米说，把靴子扔进挂放湿衣物的房间。像他父亲一样，杰米话不多，西尔维娅看着这一切，脸突然红了一下。

"波特先生对你刻薄吗?"

"不是。"

"那是什么?"

"我不知道。"

杰米在上四年级,西尔维娅喜欢他甚于她的女儿们;他让她浑身感到一种几乎难以承受的甜蜜。要他遭受任何折磨都是不可接受的。她温柔地爱着安妮,因为这个孩子是那么古怪又无害。至于老二辛迪,西尔维娅不温不火地爱着她。辛迪是三个孩子中最沉闷的一个,可能也最像她的母亲。

也是在那一年,杰米存下钱,送给他父亲一台录音机作为生日礼物。结果这成了一个糟糕的时刻,因为他父亲用惯常的方式,在几乎没有撕坏包装纸的情况下拆开了礼物后说:"是你想要一台录音机,詹姆斯。送给别人你自己想要的东西是不合适的,虽然这种事总是发生。"

"埃尔金。"西尔维娅低声说。杰米确实想要一台录音机,他苍白的脸颊烧红了。录音机被放到了衣橱顶上的架子上。

安妮虽然健谈,却没有对任何人提起这件事,包括住隔壁的外祖母。外祖母住在一间方形的小房子里，房子在长达数月的白色冬季里显得光秃秃的，仿佛一丝不挂，窗户像眼睛一样睁着，朝农场望去。这个老女人来自圣约翰山谷，据说年轻时很美。安妮的母亲曾经也很美，有照片为证。如今这个老女人瘦得像根杆子，脸上布满细小的皱纹。"我想死。"她躺在沙发上懒洋洋地说。安妮盘着腿坐在旁边的大椅子上。她的外祖母用手指在空中比画着。"我现在就想闭上眼睛，一走了之。"她抬起满是白发的头，看着安妮。"我很难过。"她又说。她的头低了下去。

"我会想你的。"安妮说。那天是星期六，下了一整天雪，雪花又大又湿又厚，弯弯曲曲地粘在窗玻璃的下缘上。

"你不会的。你来这里只是为了得到一块糖。你有哥哥姐姐可以跟你说话。我不知道你们三个为什么不在一起玩。"

"我们没心情。"安妮有次找哥哥玩牌，他说他没有心情。她用手戳弄着袜子上的一个洞。"我们老师说，如果你在刚下过雪、阳光猛烈的时候看着田野，你可能会瞎掉。"安妮伸长脖子往窗外看。

"那就别看了。"她的外祖母说。

＊

安妮上五年级时，开始越来越频繁地住在沙琳·戴格尔的家里。安妮仍然很活泼，不停地说话，但那台被遗忘许久的录音机出了点事——一个她与杰米共享的秘密——从那件事之后，似乎有一张皮紧紧地裹住了她们一家：农场，安静的哥哥，生闷气的姐姐，微笑的母亲。她的母亲经常说："我为戴格尔一家感到难过。戴格尔总是很暴躁，朝孩子们大喊大叫。我们有一个幸福的家庭真是太幸运了。"所有这些让安妮想到了一根香肠，她把肠衣戳出了一个小洞，试图从中挤出来。戴格尔先生并不会对他的孩子们大喊大叫。事实上，安妮和沙琳洗澡的时候，他经常进去用毛巾帮她们洗。安妮的父亲认为身体是隐私，最近他又是满脸通红又是大吼——吼得很凶！——因为辛迪在把她的卫生巾扔进垃圾箱之前，没有用卫生纸包好。他让她过去捡起来，多裹几层。这让安妮的内心瑟瑟发抖。香肠的外衣是羞耻。他们一家被羞耻所包裹。她更多地感受到而非想到了这一点，小孩子都是这样。但她想，当她长大到要亲自经历这件可怕的事的时候，她会把东西埋在外面的树林里。

放学后她就去沙琳家，她们一同堆起巨大的雪人，戴格尔先生会用水管浇它们，这样到了早上雪人就会结冰，像玻璃一样。天冷得没法出门时，安妮和沙琳就编故事玩，再把故事表演出来。安妮的父亲顺路来接她时，会和戴格尔夫人一起站着看她们演。戴格尔夫人涂着红色的口红，身上有一种狠劲。埃尔金·阿普尔比和她交谈时，眼睛里闪着光。这是他和妻子说话时不会有的表情。一个星期六的下午，安妮突然说："这是我们编的一出蠢剧。我想回家。"走上通向自家房子的路时，她仍然像往常一样拉着父亲的手。他们身旁的田野一望无尽，白茫茫的，边缘是云杉深色的树干，积雪把树枝都压弯了。"爸爸，"她脱口而出，"对你来说最重要的是什么？"

"当然是你们。"他没有放慢脚步，"我的家人。"他的回答迅速而平静。

"妈妈呢？"

"最最重要。"

快乐传遍了安妮的全身，在她的记忆中，这种快乐持续了很多年。回家的路上，她牵着父亲的手，明亮的田野愈发寂静，树木变暗至深绿色，乳白色的太阳成了雪的颜色。一进屋子，她就轻轻敲了敲哥哥的房门。他在上高中，嘴唇上方长出了细小的绒毛。她关上身后的门说："外祖母就是个刻薄的老巫婆。没人喜欢她。一个也没有。"

她哥哥一直在看手上翻开的漫画书。"我不知道你在说什么。"他说。但当安妮叹了口气,转身要走的时候,他说:"她当然是个老巫婆。别在意她。你总是夸大其词。"他是在引用他母亲的话,她说安妮喜欢夸大其词。

农场曾经属于西尔维娅的父亲。埃尔金此前住在三个镇子之外,虽然他原本来自伊利诺伊州。他住在一辆拖车里,在一个没有钱、没有农场也没有宗教信仰的家庭里长大。不过,他在农场干过活,了解这门生意,娶了西尔维娅之后,他从去世的岳父那里接管了农场。安妮记事之前的某个时候,外祖母的房子盖好了。在那之前,她一直和家里的其他人住在主屋里。

"听听这个。"杰米说,有一天晚饭前他去找安妮,他们去了谷仓,挤在阁楼里。"妈妈过来之前,我把它藏在外祖母的沙发底下了。"磁带录音机啪嗒一声转了起来。然后清楚地传来他们的外祖母和她女儿说话的声音:"西尔维娅,这让我恶心。我躺在这里,很想吐。但你已经铺好自己的床了。那么你上床去吧,亲爱的。"接着是他们母亲哭泣的声音。然后是一个轻声问出的问题。她应该和神父谈谈吗?外祖母说:"如果我是你,我会尴尬得没法谈。"

*

　　白色的雪仿佛要永远包围着他们，住在隔壁的外祖母躺在她的沙发上一心想死，安妮仍然是喋喋不休的那一个。她如今有六英尺差一英寸高，瘦得像根电线，一头黑发又长又卷。她父亲有一天在谷仓后面发现了她，他说："我希望你不要像以前那样跑到树林里去。我不知道你在那儿干吗。"她的惊讶更多是来自他表情中的厌恶与愤怒。她说她没干吗。"我不是在请求你，是在告诉你，安妮，你要么不再去那里，否则我保证你休想离开这栋房子。"她张开嘴说，你疯了吗？这个想法启发了她，或许他真的疯了，这让她恐惧，她从来不知道一个人竟会如此恐惧。"好吧。"她说。但事实证明，在阳光灿烂的日子里，她无法远离树林。光影斑驳的物质世界是她最早的朋友，它带着敞开怀抱的美丽，等待着接纳她的兴奋感，没有别的东西可以带来这种感觉。她熟习周围事物的韵律，它们出没的地点和时间，她溜进离镇子更近的，或者在学校后面的树林，在那里轻柔而欢快地唱一首她几年前编的歌："我很高兴我活着，非常高兴我活着——"她在等待。

　　后来她没再等了，因为波特先生看了她演的一出校园剧，安排她进了一家夏季剧院，剧院里的人把她带到了波士顿，她就这么走了。她那时十六岁，她的父母没有反对，甚至都没有让她读完高中，这一点她后来才意识到。当时有各种各样的男人，其中很多人肥胖而松垮，手指上戴着巨大的戒指，他们在黑暗的剧院中紧紧搂着她，低声说着她有多么可爱，就像树林里的一头小鹿，然后他们送她去参加各种试镜，在不同城镇的不同房间找到人和她一起住，她觉得这些人非常、非常善良。她在树林里体验到的上帝的微缩存在，扩大到了爱她的陌生人身上。她在全国各处登台演出，当她回到路尽头的那栋房子时，她惊讶于它那么小、天花板那么低。她带回来的礼物，毛衣、珠宝、钱包和手表——从街边小贩那里买来的仿制品——似乎让她的家人很难堪。仅仅她的出现似乎就让他们很难堪。"你真是个戏精呀。"她的父亲低声说，声音中带着厌恶。

"不，我不是。"她说，她以为他说的是"同性恋"[1]。

他的脸变得更大了，虽然他还是很瘦。他把一只手表从桌子一头滑推向她。"找个用得上的人吧。你

---

[1] "女同性恋者"（lesbian）与"戏精"（thespian）发音相似。

什么时候见我戴过表?"

但她的外祖母站起身,看起来和以前一样,说:"你变美了,安妮。发生了什么?把一切都告诉我吧。"于是安妮坐在那把大椅子上,告诉外祖母关于更衣室、不同城镇里的小型公寓、人人互相照顾,以及她从来不会忘词的事。她的外祖母说:"不要回来。不要结婚。不要生孩子。所有这些都会让你心痛。"

*

安妮很久没有回来了。她有时会想念母亲,仿佛感受到西尔维娅的一阵悲伤从千里之外向她涌来,但她打电话时她母亲总是说"噢,这儿没什么新鲜事",而且好像一点儿也不关心安妮在做什么。她的姐姐从来不给她写信或者打电话,杰米也很少这么做。圣诞节的时候,她给家里寄了好几箱礼物,直到她母亲在电话里叹着气说:"你父亲想知道,我们该怎么处理这些垃圾。"这让她很受伤,但并没有持续太久,因为那些和她住在一起的人以及剧院里认识的人,都是那么热情而善良,为她愤愤不平。资历老的演员都对安妮非常温柔,因而她没有意识到,她在很多方面还像个小孩子。"你的天真保护了你。"有次,一个导演对她说,事实上她并不懂他的意思。

有句谚语说,每个女人都应该有三个女儿,那样就会有一个能为你养老。安妮·阿普尔比东奔西跑,加利福尼亚、伦敦、阿姆斯特丹、匹兹堡、芝加哥,而西尔维娅唯一能找到她的地方,是在药店的一本八卦杂志上,她的名字和一个著名影星联系在一起。这让西尔维娅很尴尬。镇上的人们学会了对这件事闭口不谈。辛迪住在附近的新罕布什尔州,很快就生了许多孩子,还有一个想让她待在家的丈夫。于是只剩杰米留在农场,他一直没结婚。他默默地和父亲一起干活,父亲上了年纪但依然强壮。杰米默默地照顾着隔壁的外祖母。西尔维娅常常说:"杰米,没有你我该怎么办?"他会摇摇头。他知道,母亲很孤独。他眼看着父亲越来越少和她说话。父亲的吃相开始变得难看,这是从未有过的。他咀嚼的声音十分明显,食物碎渣会掉到他的衬衣上。"埃尔金,我的天啊。"西尔维娅说,她站起来拿了张餐巾,但他拒绝了:"看在上帝的分儿上,你们女人啊!"

私下里,西尔维娅说:"你父亲怎么了?"但杰米耸耸肩,他们没有再谈起这件事,直到杰米翻了很多书,才意识到发生了什么。很可怕,一切都说得通了——父亲的易怒，他突然反复问起安妮的下落："那个孩子在哪儿？她又去树林里了吗？"所有这些落进了杰米的肚子里，像石头落入阴暗的水井一样悄无声息。不到一年他们就没法照管这个男人了。他跑了出去，在谷仓里放火，他的问题把他们逼疯了："安妮在哪儿？她在树林里吗？"于是他们给他找了个家，埃尔金为此怒不可遏。西尔维娅不再去看他了，因为她每次去他都很愤怒，有次还骂她是婊子。女儿们也收到消息，辛迪回家住了几天，但安妮没回去。她说她可能春天回去。

她从四号公路拐出来时，惊讶地发现这条土路已经铺设一新，也不再是条窄路了。戴格尔家旁边新建了几座大房子。她几乎认不出自己在哪儿。辛迪在厨房里，那里看上去甚至比安妮上次回家时更小，安妮弯下身亲吻她时，辛迪只是一动不动地站着。杰米说，他们的母亲在楼上。等孩子们聊完了她会下来的。安妮感到身体有种几乎触电似的警觉，她缓缓地坐进一把椅子，解开外套的扣子。杰米说话很小心，也很直接。他们的父亲被要求离开现在住的地方。杰米说，他虐待护理员，同所有男人调情，抓他们的裆部，简直无法无天。一位精神科医生来看过他，他们的父亲允许他俩之间的谈话被公开，虽然杰米无法理解一个精神错乱的人是怎么表达"允许"的。但结果是，西尔维娅得知埃尔金和赛斯·波特保持了很多年的关系，他们是情人，西尔维娅说她之前就经常怀疑这件事。埃尔金或许是疯了，他自称是个暴怒的同性恋，谈论那些事情时绘声绘色。他们很可能不得不把他送到一个糟糕得多的地方，他们只有把农场卖了才能有钱，然而如今没有人会买土豆农场了。

"好吧。"安妮最后说道。她的哥哥姐姐已经沉默了很久，尽管他们中年人的脸上满是中年人的皱纹，但他们的脸庞显得那样年轻而忧伤。"好吧，我们会处理这事的。"她宽慰地向他们点点头。随后她去隔壁看外祖母，外祖母看上去令人惊讶地毫无变化。她躺在沙发上，看着外孙女走来走去，把灯都打开。"你回家来处理你父亲的事？你母亲过得可真糟糕。"

"是的。"安妮说，她坐在旁边的大椅子上。

"如果你想听我的想法，你父亲发疯是因为他的行为。变态的行为。我一直知道他是个同性恋，那会让你疯掉的，现在他就疯了，这就是我的想法，如果你想知道的话。"

"我不想。"安妮温和地说。

"那跟我说些令人激动的事吧。你去过哪些令人激动的地方？"

安妮看着她。这个老女人的脸像孩子一样充满期待，安妮莫名对这个女人——这个在这栋房子里住了很多年的女人，产生了一阵无法遏制的同情。她说："我去了大使在伦敦的家。他们的晚餐应有尽有。真令人激动。"

"噢，把一切都告诉我，安妮。"

"让我先坐一会儿。"于是她们陷入了沉默，她的外祖母往后靠着，像一个努力保持耐心的年轻人，而安妮，她直到这一天都觉得自己像个孩子——这就是为什么她不能结婚，不能做一个妻子——此时却暗自感到了衰老。她想起很多年来她在舞台上一直会使用这个意象：她牵着父亲的手走上那条土路，大雪覆盖的田野铺展在他们周围，远处是树林，她全身洋溢着喜悦——她利用这个场景，很快就让双眼溢满了泪水，既是为其中的幸福，也是为幸福的逝去。如今她怀疑这一切是否真的发生过，这条路以前是否真的很狭窄、泥泞不堪，她的父亲是否牵过她的手，是否说过家庭是对他最重要的存在。

"没错。"她之前对姐姐说过，姐姐大叫着说，假如这是真的，他们也应该知道。安妮没有说的是，在很多情况下人们无法得知。她多年来的经历，此时像一件织物在她的腿上展开，五颜六色的纱线——有些是深色的——贯穿其间。安妮现在三十来岁，她爱过男人，她经常心碎。到处似乎都流动着背叛与欺骗的湍流，它们展现的形态经常让她吃惊。但她有很多朋友，他们也有各自的失落，他们在互相给予支持并收获支持中度过夜晚与白天。剧院的世界是一种狂热，安妮想。即使在伤害你的时候，它也能自圆其说。然而，她最近对他们所谓的"走向平庸"产生了幻想。拥有一栋房子、一个丈夫、一群孩子、一座花园，所有这一切带来的安宁。但她会怎样处理那些像小河一样流遍她全身的情感呢？安妮喜欢的不是掌声——事实上，她通常几乎听不见——而是登上舞台的时刻，她知道她已经离开这个世界，完全投入另一个世界当中。就像她小时候在树林里体验到的那种狂喜。

她的父亲一定担心她会在树林里碰到他。安妮在大椅子里换了个姿势。

"他们和你说了沙琳的事吗？"她的外祖母说。

"沙琳·戴格尔？"安妮转头看着老太太，"她怎么了？"

"她开启了为乱伦者仗义执言的人生新篇章。乱伦幸存者，我想他们是这么叫的。"

"你是认真的吗？"

"她父亲一死，她就开始了。她在报纸上发表了一篇文章,说每五个孩子中就有一个遭到性虐待。说真的,安妮。这是个什么世界啊。"

"但那太可怕了。可怜的沙琳!"

"照片里她看起来相当不错。胖了。她长胖了。"

"我的上帝。"安妮轻声说。

辛迪平静地说:"我们一定是全县的笑柄。"

"不,"杰米对她说,"不管他做了什么,他都掩盖了。"

安妮看到他们谨慎的脸上显露出了忧愁。"噢,"她说,她对他们产生了母亲般的保护欲,"这其实不重要。"

但它很重要!噢,很重要。

回到主屋,西尔维娅坐在厨房里和孩子们一起吃晚饭。"我听说了沙琳的事,"安妮说,"真是难以置信地悲惨。"

"如果那是真的的话。"西尔维娅回答。

安妮看着她的哥哥姐姐,他们却盯着送进嘴里的食物。"为什么不是真的?怎么会有人编这种事?"杰米耸耸肩,安妮看出来——或者觉得自己看出来了——沙琳的烦恼对他们毫无意义。他们自己的世界和它近来失控的脱轨才是最重要的事。西尔维娅上楼去睡觉了,兄妹三人坐在柴炉边聊天。杰米的话尤其多，说个不停。他们曾经沉默的父亲在精神错乱的状态下，似乎无法控制地泄露了保守多年的秘密，而一直沉默的杰米，此时不得不在她们面前倾吐所有他听到的事。"有一次他们在树林里看见了你，安妮，他后来一直担心你会发现他们。"安妮点点头。辛迪神情痛苦地看着她的妹妹，好像安妮本应有更强烈的反应。安妮把手在姐姐的手上放了一会儿。"但他说过最奇怪的事情之一，"杰米向后靠着说，"是他开车送我们去学校，就是为了能在那些时刻接近赛斯·波特。他甚至都没看见他，就让我们下车了。但他喜欢知道自己每天早上都离他很近。赛斯就在学校里，离他只有几英尺远。"

"噢上帝啊，这真恶心。"辛迪说。

杰米斜睨了一眼柴炉："这让我很困惑。"

他们脸上的脆弱几乎让安妮无法忍受。她环顾着小厨房，墙纸上有水渍流下来的痕迹，他们的父亲总坐的那把摇椅，坐垫上开了个大口子，能看到里面的填充物，炉子上的茶壶还是很多年前的那只，窗子顶部的窗帘和窗玻璃间有一层薄薄的蜘蛛网。安妮回头看着哥哥姐姐。他们或许感受不到可怜的沙琳每天都要忍受的恐惧。但事实永远在那里。他们是在耻辱之上长大的。这是他们土壤的养分。然而奇怪的是，她觉得她最了解的人是她的父亲。有那么一刻安妮感到疑惑,她的哥哥和姐姐,善良、负责、正派、公允,却从来不知道那种会使一个人赌上他所拥有的一切的激情,赌上他视若珍宝却无意中将其置于险境的一切的激情——只是为了能靠近太阳耀眼的白光,而太阳在那些时刻不知何故,仿佛正抛下地球而去。

礼物

艾贝尔·布莱恩迟到了。

与来自全州各地经理的会议没完没了，整个下午艾贝尔都坐在会议室里，那张奢华的樱桃木桌子像一块暗色的溜冰场横在中间，周围的人越是疲惫，就越努力坐得更直。一个来自罗克福地区的年轻女孩说个不停，艾贝尔觉得她为自己在公司的第一次演讲精心打扮了一番，这让他感动。大家越来越恐慌地看着艾贝尔——让她停下——因为他是掌控全局的人。艾贝尔出了点儿汗，终于站了起来，把他的文件放进公文包，感谢了这个女孩——女人，女人！看在上帝的分儿上，如今不能叫她们女孩了——她脸红了，坐了下来，有好几分钟都不知道该往哪里看，直到往外走的人友善地同她说话，包括艾贝尔。然后艾贝尔终于上了车，开上了高速公路，穿过积雪的狭窄街道，接着，像往常一样，他为看见了自己的大砖房而高兴，今晚房子上的每扇窗户都闪烁着细微的白光。

他的妻子打开门说:"噢,艾贝尔,你忘了。"在她红色礼服的衣领上,小小的绿色圣诞球耳坠晃动着。

他说:"我是以最快的速度赶回来的,伊莲。"

"他忘了。"她对祖伊说。祖伊说:"噢,你别吃了,爸,我们得喂孩子,我们真的晚了。"

"我不吃了。"艾贝尔说。

祖伊绷紧的嘴让他的肠子突然起了一阵痉挛,但孙辈们拍着手喊道:"外公,外公!"妻子让他快一点,他能快点吗?亲爱的上帝。艾贝尔已经进入了人生中的一个阶段:他承认圣诞季容易让人烦躁不安,但对圣诞节的感觉——发光的树、快乐的孩子、从壁炉架上垂下来的长袜——他似乎无法抛弃。

步行穿过利特尔顿剧院的大厅,他发现自己不需要抛弃任何东西,因为一切都在这里了:整个镇子都和往年一样,小姑娘们穿着亮闪闪的格子呢连衣裙,男孩们瞪大眼睛,穿着带领子的衬衫,一副小大人的派头。有一位来自圣公会教堂的牧师——不久就要退休了,取代他的是一个女同性恋,艾贝尔勇敢地接受了这件事,虽然他希望哈克罗夫特牧师能永远留下来。还有学校董事会的负责人。埃莉诺·肖塔克也在,她参加了今天的会议,此时正微笑着朝艾贝尔挥手。他们都在各自的座位上就座,低声交谈着,最后声音弱了下去。一阵低语:"外公,我的裙子要被压坏了。"他心爱的索菲娅,拿着她的塑料小马,拳头紧紧攥着它的粉色毛发。他挪动着已经麻痹的腿,让她把裙子抖开,轻声对她说,她是这里最漂亮的女孩,她声音有点过大地说"雪球还从来没看过戏呢",同时让小马在膝盖上跳上跳下。灯光暗了下去,演出开始了。

艾贝尔闭上眼睛,立刻想到了他的妹妹多蒂,她在皮奥里亚城外的杰尼斯堡,离这里有两小时路程,她在圣诞节那天会做什么呢?他对她的关心——他的爱——是真诚的,然而他所感到的对她负有的责任却使他厌恶,尽管他不会对任何人坦承这一点。他想,这是因为她既孤单又不快乐,他睁开了眼睛。但她或许不是不快乐,或许也并不孤单,因为她开了间家庭旅馆,他估计旅馆圣诞期间也会营业。他明天上班时会给她打电话。他的妻子受不了她。

他紧紧攥着索菲娅的手,全神贯注地观看演出,这对他来说就像教堂礼拜一样熟悉。他们来看《圣诞颂歌》已经有多少年了?先是和祖伊以及她的兄弟们,现在是和祖伊自己的孩子们,可爱的索菲娅和她的哥哥杰克。令人困惑的是,艾贝尔无法让自己的思绪与他妹妹的生活,或者与他孩子们的青春连接在一起。他在内心对流逝的时间这一难以把握的概念，感到些许震惊。舞台上传来衷心而虚伪的"圣诞快乐，舅舅"，接着一扇单薄的门被砰地关上，看上去摇摇欲坠。"呸，胡说八道！"斯克鲁奇回答说。

饥饿猛然袭来。艾贝尔想象着猪排，几乎呻吟起来。烤土豆和煮洋葱这些诱人的画面出现在他脑中。他交叉着双腿，又把腿放下，膝盖碰到了坐在他前面的女人，他向前低着身子小声说："对不起，对不起！"他感觉她略微做了个鬼脸，他的道歉有些没必要。他在昏暗的灯光中摇了一下头。

这场演出简直又臭又长。

他瞥了一眼索菲娅，她正聚精会神地盯着舞台。他又瞥了一眼祖伊，她向他投来冷冰冰的目光，这让他费解。舞台上，斯克鲁奇正在卧室里手忙脚乱，马利的鬼魂戴着镣铐出现了。"你被上了镣铐，"斯克鲁奇对鬼魂说，"告诉我为什么。"

一个念头像一只从屋檐上飞扑下来的蝙蝠那样击中了艾贝尔：祖伊不快乐。这个念头在他的膝头变成了一个阴暗的形状，就好像他被要求把它留在那里。

但并非如此。

祖伊的小孩们让她一刻也不得闲，而这并不是她不快乐的原因。

她的丈夫今晚在芝加哥,因为他得工作,一名即将成为合伙人的律师必须这么做。祖伊没什么问题。她属于社会中的特权阶层,如今被称为"百分之一"的那拨人,这部分要归功于她父亲的辛勤工作与坚韧不拔。行为正派是他获得如今地位的原因。人们一直信任他,在生意场上,信任就是一切。祖伊选择嫁给了一个能让她维持地位的男人,这没什么问题,一点儿也没有。他只和他的女婿争论过一次,当时这个年轻人建议艾贝尔不要缴那么多税。"我只是认为——"小伙子开了话头。

"我是个共和党人,不相信大政府——你是对的——但我的税我会缴的。"回忆起这件事时,他从来都无法理解他当时的愤怒。

这时,艾贝尔不安地深吸了一口气,坐直身子。他小心地检查了一下自己的脉搏,发现脉搏跳得很快。

舞台上,斯克鲁奇正透过肮脏的夜窗窥视。随后他躺在床上,听着挂钟的叮咚声,接着他下床了,激动地说:"不可能!"艾贝尔——在那个时刻——想起了几天前妻子在早餐时递给他一份报纸,她用手指敲着一个专栏。斯克鲁奇的扮演者林克·麦肯齐可能是镇子上最受欢迎的人。在利特尔顿学院上过他的艺术硕士课程的学生中,他可能也很受欢迎。但他并不是评论家的宠儿,他们写道,他是个幸运的人——这位林克·麦肯齐先生,因为他是整座剧院中唯一一个不用看自己表演的人。

伊莲和艾贝尔一致认为:这句评论刻薄得毫无道理。然后艾贝尔就把它忘了。但此时这句话对他产生了作用。现在看来,斯克鲁奇真的很可笑,可以说整件事都很可笑。在艾贝尔看来,每个人都在大声背诵台词,这让他不舒服,似乎他只能怀揣着他看到的每个人都在背台词这样的念头离开剧院了。上剧院当然不应该对一个人产生这种影响。他低头看了眼可爱的索菲娅,她给了他一个彬彬有礼的年轻女子那种抿着嘴唇、转瞬即逝的微笑。他捏了捏她的膝盖,她就又变成了小姑娘,低下头,握住他的手,另一只手紧紧抓着塑料小马。

圣诞精灵正在说:"一个孤独的孩子,被朋友们丢下了,还留在那里。"接着斯克鲁奇开始哭泣。哭声虚伪,令人不屑。艾贝尔闭上眼睛。索菲娅的手从他的手里滑了出去,他双手交叉放在腿上,很快就睡着了。他意识到这点是因为他的思绪变得断断续续,而且他很庆幸,终于可以屈服于袭上肩头的愉悦的疲惫。就像一盏黄灯在他紧闭的双眼后的暮色中闪烁着,他记得去年露西·巴顿来芝加哥签售新书时,他看见了她，露西·巴顿，他母亲的表姐的女儿，噢，那个可怜的姑娘，她来了，一个上了岁数的女人。他走进书店，排队等着她给书签名，然后她说，艾贝尔，接着站起来，泪水涌上了她的眼睛——在他感觉昏昏欲睡的时候，这一切都令他感到高兴，但随后他努力寻找着他的母亲，他坐上了一部电梯，按了按钮也停不下来，然后他进入了一条狭窄的过道，寻找着她，走去一头又换到另一头，在黑暗中感觉着她——她不见了。甚至在梦的深处，他也认出了那古老的、无法抑制的渴望，那并不算是惊恐——观众发出的喘息声让他醒了过来。

灯光灭了。舞台笼罩在黑暗中。演员们停止了说话。只有"出口"标志在门的上方闪着光。过道地板上的一排排灯就像发光的按钮。艾贝尔感到恐惧像黑水一样在他周围涌起。索菲娅开始哭泣，其他孩子也在哭。"妈妈？"艾贝尔抱起小小的索菲娅，把她放到腿上。"嘘，"他说，张开手放在她温热的后脑勺上，"没事的，会好起来的。"孩子仍然在哭。祖伊的声音说："亲爱的，我就在这里。"

艾贝尔不知道黑暗持续了多久，可能只有几分钟，但在这段诡异的时间里，他清楚地意识到有好几家人开始激烈地争吵，包括他自己的家人。伊莲说：

239

"艾贝尔，带我们离开这儿。看好孩子。"黑暗中，人们已在奋力爬向过道，有的人点开手机照明，手腕和袖口因此被一种像是属于异质存在、来源不明的闪光所照亮。祖伊说："妈妈，别说了。人们就是这样被踩死的。爸爸，抱紧索菲娅，我抓住杰克了。"

"我们得从这里出去，艾贝尔，"他的妻子说，"如果你——"

多年的婚姻里，有许多事被谈论过，许多场面发生过，这也产生了一种累积效果。所有这一切在艾贝尔的心中飞驰而过：夫妻间的柔情早已衰退，他可能不得不在缺少它的情况下度过余生。他发出了一声响动。

"爸爸，你还好吗？"祖伊手机的光线正对着他。

"我很好，亲爱的，"他说，"我们等等吧。听你的。"

一个声音从台上传来，呼吁大家保持冷静，随后灯亮了，让处于各种惊慌与混乱状态中的家庭无处遁形。布莱恩一家待在原地没动——不是所有家庭都这样——他们看着演出最终继续下去，但事故的紧张气氛没有完全消散，当灯光最终熄灭时，掌声就像是一种解脱。

他们一言不发地坐在车里，在快到家时，艾贝尔才看了后视镜一眼,他问索菲娅,虽然出了点状况,她是否享受这场演出。"什么是状况?"她问。

祖伊说:"就是出了点问题。比如今晚,灯灭了。"

"但灯为什么会灭呢?"杰克小声问。

"我们不知道,"艾贝尔说,"有时候保险丝会断。没造成损害。"

"出口标志是靠发电机点亮的。"这是伊莲提供的信息,"谢天谢地,法律规定应急灯必须有单独的能量源。"

"妈妈,我们别管这个了。"祖伊疲惫地说。或许祖伊像成年孩子常有的那样,看不惯她父母的婚姻,她已经察觉到这些年来父母之间柔情的消退,对他们产生了一种深深的厌恶:我的婚姻绝不会像你们的那样,爸爸。好吧,他会这么说,那挺好的,亲爱的。

虽然很饿,但他还是与换上了睡衣的孙辈们坐在一起。他模仿斯克鲁奇,逗得他们大笑,想借此消除他们的恐惧。索菲娅突然从他膝头滑了下去,然后马上尖叫起来。这声音尖锐而可怖,她跑进了孙辈们惯常住的那间卧室,尖叫转成了啜泣。

"雪球"不见了。

车子被迅速而彻底地搜查了一遍。没有找到浅粉色鬃毛的塑料小马。"我想她把它落在剧院里了,爸爸。"祖伊满是歉意地看着他，艾贝尔拿上车钥匙，对索菲娅说："我会把你的小马带回来的。"

他因为疲惫有点头晕。

"又出了点'转况'，"索菲娅羞怯地说，"对吗，外公？"

"你去睡吧。"他弯下身吻她，"等你早上醒来的时候，一切都会好的。"

*

他驱车穿过昏暗的街道，再过河，进入城中心，他担心剧院已经关门了。他把车停在街上，发现剧院的前门没开，透过黑暗的玻璃，里面一个人也看不见。他摸索着手机，才发现匆忙之中他把手机落在家里了。他极为小声地祈祷着，随后用手捂住了嘴。一个年轻男子出现了，从一扇侧门里出来。艾贝尔喊道："等等！"这家伙肯定是剧院的学徒，艾贝尔猜测，因为他冲艾贝尔微笑，还把着门，艾贝尔说："我外孙女的玩具小马落在这儿了。"那人说："我想舞台经理还没走，也许他能帮到你。"

于是艾贝尔走了进去，但里面很黑，他不知道身在何处，他进来的那扇门是个侧门，似乎通向后台。

他小心翼翼地摸着墙找电灯开关，却没有找到，他缓缓地向前走。但就在这时——哈！他按到它了，但他只看见远处有一盏昏暗的灯亮了，不过也足够照亮他面前狭窄的走道。他的两侧是画满了涂鸦的黄漆砖墙。他敲了敲他看见的第一扇门，发现门锁了。"有人吗？"他愉快地喊出这句话，但无人应答。这个地方闻起来很熟悉，无疑是剧院的气息。

饥饿让走廊显得很长。在两面黑色窗帘之间，艾贝尔看见了肯定是舞台的东西。他头上是一排排漆黑的舞台灯，没有点亮，像巨大的甲虫在那里等待着。"有人吗？"他又喊了一声，还是无人应答，虽然他这时感觉到有人在场，"有人吗？我想找舞台经理，喂？我外孙女弄丢了她的——"

转向右边，在他上方，他看见走廊里一个光秃秃、没点亮的灯泡上缠着一根晾衣绳，那匹小马就挂在晾衣绳另一端的小套索上。"雪球"，它的塑料腿伸向前方，粉色鬃毛从头顶伸出，脸上是一种永恒的惊恐表情。它的双眼睁得大大的，长长的黑色睫毛挑逗似的伸展开来。

他身后突然传来了开门声，他转过身。是林克·麦肯齐，斯克鲁奇的扮演者，他把假发摘了，但妆还没卸，这让他看上去有点疯狂。"你好，"艾贝尔说,伸出手去,"我的外孙女把她的小马落在这儿了——"他朝挂在电灯泡上的小马点点头。"我猜是某个学生的恶作剧,但我得把它带回家,否则我恐怕会失去孩子的尊敬。"

斯克鲁奇握手回礼。他的手瘦骨嶙峋,有力而干瘪。"进来吧。"斯克鲁奇说,那似乎是他占用的一间办公室,但艾贝尔进去后发现,那是一间四四方方的小房间,肯定是用作储藏室了,里面有罩布、旧台灯,还有张缺了一条腿的桌子。

艾贝尔说:"我恐怕需要一个梯子,或者一把椅子。噢,那里——"墙角有一把外观是老式风格的椅子,扶手是弧形的。

斯克鲁奇关上身后的门,说:"噢,只有那一把椅子,不如你坐下吧。"

"噢不,不了,我不需要——"

斯克鲁奇的头朝椅子的方向猛地一摆。"我要你坐下。"

艾贝尔这时明白了,他眼前的景象并不实在,但奇怪的是,这只是让他愈发精神涣散,过了会儿他礼貌地说:"我想我还是站着吧,谢谢你。有什么我能帮你一起做吗?"他亲切地朝斯克鲁奇笑着,后者仍然靠在门上。艾贝尔想说,你觉得需要花多长时间?

他意识到这只是他脑子里的画面,明白他以一种独特而古怪的方式抽离了自身。

斯克鲁奇说:"听着,我有些话想说。等我说完,你就可以走了。你能应付得了。你给我的印象是那种自认为身体很好的老家伙,因为你到现在还没犯过心脏病。"斯克鲁奇打量着艾贝尔,脸上浮起忧郁的笑容。"你的衣服很贵。"他点点头,"一个敬业的秘书会为你安排好每一天。人们对你不再有什么真正的期待,你就是个傀儡。你还剩下一些领导才能,但是体力,我怀疑你所剩不多。那么请吧,坐。"

艾贝尔一动也没动,但他觉得喘不过气。这个可恶的人所说的一切——除了没得过心脏病的部分——基本都是真的。上次心脏病发作才过去一年而已,当时艾贝尔吓得够呛。他朝椅子走了两步,坐了下来。椅子向后转动,他吃了一惊。

"膝盖无力。"斯克鲁奇说,"嗯,我像钢缆一样强壮。我现在也是穷途末路了。任何人都不该和一个穷途末路的人待在一个房间里。"他大笑起来,露出了牙上的填料,艾贝尔这时真的慌了。他想知道他离开多久之后,他的妻子——或者也可能是祖伊——才会开车来剧院找他,上帝啊。

"那个小马是你外孙女的?"

"是的，"艾贝尔说，"她非常喜欢它。"

"我讨厌孩子。"斯克鲁奇说。他靠着墙滑下去，盘腿坐在地板上。他已经不年轻了，而他的柔韧性让艾贝尔吃惊。"他们个头很小，动作迅速，非常喜欢评头论足。你看起来很惊讶。"

"整件事都令人惊讶。"艾贝尔试图微笑，但斯克鲁奇没有笑。口干舌燥的艾贝尔继续说："听着，我非常抱歉，但我们能不能——"

"你为什么抱歉？"

"呃，我觉得——"

"你和一个疯子同处一室，而你还想道歉？"

"我懂你的意思。好吧，我想走，如果你觉得——"

"我觉得我要说几件事。我告诉过你。我要说的第一件事是，我对剧院非常、非常厌倦。我进剧院只是因为它接纳所有人，尤其是，如果你和我一样，出生时是个怪胎，它会把你捞上来，给你一种归属感——虚假的、伪装的、愚蠢的。我要说的第二件事是，今晚的灯是我弄灭的。我用放在我睡衣里的手机干的。网上都能找到步骤，你知道，很快你就可以用一部手机炸掉一整个国家了。但我按指示操作后相当惊讶。我想制造混乱，我成功了。总之，我找不到人诉说。我对自己很满意，但我现在觉得这是场空洞的胜利。"

"你是认真的吗？"

"关于空洞的胜利？"

"关于灯光。"

"百分之百。用小孩子的话说，棒呆了。"斯克鲁奇缓缓摇头。为了强调他的话，他伸出一根食指对着艾贝尔说："我们都想有观众。假如我们做了一件事，却没有人知道？那么，森林里的那棵树可能就没有倒下[1]。"他的面孔因为惊讶而展开。"就是这样。现在我已经都说出来了，事情发生了，我很满意。虽然说实话，没有我期待的那么满意。我该拿你怎么办呢？你会从这里走出去，把这些告诉警察或你的妻子，最后林克·麦肯齐会变成一个更大的笑话。整个镇子会看着他身败名裂。"

"我对此没有兴趣。"艾贝尔说。

"也许明天你就会有兴趣了，或者后天。"

"我有兴趣的是把小马带回去给我的外孙女。"

停顿了很久之后，斯克鲁奇说："这是最奇怪的

---

[1] 这是西方哲学史上的一个经典命题：如果树木倒下却没有人在场感知到这件事，树就没有倒下。意即离开心灵，事物就不存在。

事,却让我嫉妒得很受伤。你可能想说:'如果你自己有个外孙女,剧院怪咖先生,你或许会理解这种爱。'"

"我根本没这么想。这跟我在想的事完全不沾边。我在想索菲娅。她在等她的小马。我希望她能睡着。"

斯克鲁奇皱了皱眉。"索菲娅。我猜这个小姑娘生活很优越吧?"

艾贝尔等了一会儿才说:"很优越,是的。"

"你在她那么大的时候,也很富有吗?"

"我一点儿也不富有。"

"那你是靠努力工作致富的吗?"

艾贝尔又犹豫了。"我是努力工作,"他说,"我一直都努力工作。"

斯克鲁奇拍着手。"哈!我打赌你是把财富娶进门了!别脸红,老家伙。这简直太美国了,挺好的。没什么不好意思的。噢,我真的让你难堪了。快,快,我们换一个话题。这个索菲娅——你认为她也会成为一个努力工作的人吗?我很担心。我觉得人们已经不再努力工作了。这些孩子——我听说有些学龄前儿童一周没缺勤,就能得到一颗金星!我亲爱的伙计,你的脸红得像根甜菜。"

斯克鲁奇环顾房间,看见了他显然想要的东西,一瓶塑料瓶装水。他连忙跑过去,拿回来递给艾贝尔。艾贝尔没有推辞。他穿着羊毛外套，已经热得不行了。他喝了水，然后把瓶子递给斯克鲁奇，后者摇了摇头，背靠着墙又坐下了。

"你是做什么生意的？"斯克鲁奇问。桌子上有一根牙签，他拿起来开始剔牙。

"空调设备。"艾贝尔飞快地想到了今天会议室里的那个年轻女孩，她为演讲做了过于充分的准备。她来自罗克福德，他长大的地方。"人们仍在努力工作。"他说。

"空调。你赚大了。"

"每年我都捐钱给艺术事业。"

斯克鲁奇歪着头，看着艾贝尔。他的嘴唇毫无血色，有些地方裂开了。"现在，拜托，"他轻声说，"别那样。"

艾贝尔什么也没说。一枚耻辱的钉子被悄悄嵌入了他的胸口。他感觉自己在出汗。他想起了早前他认为演员们在背台词，此时他明白了自己也是他们中的一个。

"听着，"斯克鲁奇继续说，"我只需要你听我说完，然后你就可以走了。"

艾贝尔摇摇头。他感到阵阵恶心，觉得口水涌进了嘴里。他心里完全明白了：祖伊不幸福。

"我吓到你了。"斯克鲁奇说,他的声音好像把他自己也吓到了。

艾贝尔轻声说:"我女儿不幸福。"

斯克鲁奇问:"她多大了?"

"三十五。嫁给了一个非常成功的律师。有几个可爱的孩子。"

斯克鲁奇缓缓地呼出一口气。"噢,听起来还不如死了好。"

"为什么?"艾贝尔认真地问道,"这应该很完美啊。"

"完美的孤独。一个成功的律师意味着你永远见不到他的人影。她喜欢孩子,但孩子也令她厌烦,所有那些带孩子的苦差事。她对保姆和清洁女工很生气,她的丈夫也不想听这些——所以她再也不想和他上床了,现在这也成了苦差事。她看着她的余生,心想,上帝啊,这都是什么?她的孩子会长大,然后她就真的过上了乏味的生活,她会买一只新手镯,再买一双新鞋子,也许这会管用五分钟,但她还是越来越焦虑,很快他们就会给她服用安定剂或是抗抑郁药,因为多年来这个社会一直都在给女人们下药——"

艾贝尔举起一只手,示意他该住口了。

斯克鲁奇说:"我知道你想走。你会走的,会的。

放轻松。"斯克鲁奇的嘴张得大大的,用牙签戳着什么东西,然后吐了出来,长叹了一声。"抱歉,"他说,"真恶心。"

艾贝尔难以察觉地点了点头,表示他觉得没关系。

这个月早些时候,艾贝尔庆祝了他的六十五岁生日。人们说,你看起来棒极了。你看着气色很好。没有人说:你装着人造牙冠的牙齿——你很久以前的骄傲和快乐——似乎随着你变老而越来越大了。没有人说:艾贝尔,那些牙太糟糕了。或许没有人想到这个。

"真蠢,"斯克鲁奇说,"对别人说放轻松之类的话。你什么时候会因为别人让你放松你就能放松?"

"我不知道。"艾贝尔说。

"可能永远不会。"斯克鲁奇的音调变得温柔又随意,仿佛他认识艾贝尔很久了。

如果还有精力,艾贝尔或许会告诉这个古怪而备受摧残的人,很多年前他曾在罗克福德的剧院当过领座员,离岩河只有几步远,这就是今晚他进入侧门的时候闻到的,剧院的神秘气味。他在高中时期就找到了那份工作。十六岁的时候。就在那一年,他的妹妹被叫到全班人面前,当着她所在的六年级全班学生的面,老师指着她裙子上的污渍,告诉她没有人会穷到买不起卫生巾。从那以后多蒂就不想去学校了,艾贝尔答应买给她一件东西，但他不记得是什么了。他记得的是那些工资支票的力量。十六岁时他就体会到了金钱的惊人力量。钱唯一办不到的，是给多蒂买一个朋友（或者给他自己，但这没那么重要），然而钱买到了一只亮闪闪的手镯，这就是她得到的！那让她喜笑颜开。最重要的是，钱可以买到食物。

这又让他想起了露西·巴顿，她曾经也极度贫穷，他小时候每年夏天都去她家里住上几星期，她和他会去查特温蛋糕铺后面的垃圾箱里找吃的。（噢，去年露西在书店看见他时的表情，那么多岁月过去了！她用双手握住他的手，不想松开。）

生活让艾贝尔感到困惑的是，一个人可以忘记很多事，却仍然无法摆脱它们——就像幻肢一样，他想。因为他再也不能坦诚地说出，在垃圾箱里找到食物时是什么感受。可能是快乐——当他找到一大块能被刮干净的牛排时。一切都变得特别实际，多年以后他告诉了他的妻子。接踵而至的是她不加掩饰的厌恶：你不觉得可耻吗？他的回答——理解——是如此直接，甚至当她还在说话时他就想到了：噢，你从来没有挨过饿，伊莲。他没有说出口。但当他的妻子问他那个问题时，他确实感到了羞耻。他的确很羞耻。她要求他永远不要和孩子们说，他们的父亲曾经穷到在垃圾箱里找吃的。

"这让我恶心,"斯克鲁奇说,"我肯定这让我生病了。我教这些小浑蛋已经有二十八年了。"

"你不喜欢吗?"艾贝尔觉察到了一种认知上的距离,他希望自己问对了问题。

"噢,这是世界上最违反常理的事。"斯克鲁奇恼怒地挥了挥手,"我们招收有钱的学生,你知道,除非从中找不到能演哭戏的。当然了,我们总是需要能演哭戏的,让他哭他就能哭。哭戏演员总认为他们特别敏感、特别有才,但他们只是特别疯狂而已,他们就是这样。"斯克鲁奇显得很疲惫,他把头靠在墙上,眼睛看着天花板。

"喂,我想的是——"艾贝尔开口了,但他费了点时间才找到合适的措辞,"我觉得你对那篇评论很不满——"

"嘿。"斯克鲁奇突然站了起来。他用手指着艾贝尔,"你少来。相信我,花花公子先生。我已经走投无路很长时间了。"他从衬衣口袋里抽出一根香烟。他并没有把烟点着,只是用它轻轻敲着腿。"我一开始就告诉你我想聊天。我们正在这么做。聊天,好吗?我想聊天。我们正在聊天。"

艾贝尔点头。"是的。"

"那么,"斯克鲁奇说,深深叹了口气,背靠着墙慢慢滑下去,直到他又坐到了地上,"刚刚说到哪儿了?你准备通过结婚一步登天。"

"看在上帝的分儿上。"艾贝尔强迫自己坐直了一些,"我们没打算谈论我的妻子。"他像在说悄悄话。他的思绪不知飘到了哪里。疲倦就像一块布盖住了他。

"好吧,我们不谈她。"斯克鲁奇沉默了一会儿,然后——"但我一直很孤独。"他说。

艾贝尔看着这个男人,他此时正抬脸望着自己,头皮上还有戴假发留下的灰色条纹。"我明白。"艾贝尔说。

"你明白?"斯克鲁奇问。

艾贝尔几乎笑了起来,但他不知道自己为什么会想笑。令人吃惊的是——太可怕了!——他随即感觉自己要哭了。他勉强克制住了,但这影响到了他说的话。"因为——我也是。"斯克鲁奇点点头,艾贝尔觉得其中有一种因为理解而流露的真诚,艾贝尔说:"喂,我可以当你的哭戏演员。"

斯克鲁奇说:"你不够疯狂。不过你很真诚。噢,谢天谢地。我想和人说话,你就是一个真正的人,你不知道这有多难——找到一个真正的人。"

他们都沉默了一会儿,似乎这种事情需要消化一下。然后斯克鲁奇说:"你喜欢你的母亲吗?"他的声音——在艾贝尔听起来——又变得跟小孩差不多了。

"我喜欢她。"艾贝尔听见自己说,"我爱她。"

"爸爸不在身边吗?"

艾贝尔觉得这句话听起来很奇怪,让他想起了校园里的嘲讽,不过现在它并不是一句嘲讽。尽管如此,他还是脸红了。没错,艾贝尔的爸爸在艾贝尔很小的时候就死了。曾经,短暂地——只有几天?——出现过一个男人,艾贝尔记得这个,主要是因为在男人离开后,多蒂得到了一条在商店里买的裙子,艾贝尔得到了一条新裤子。这条裤子很快就变得太短了,而且差不多一整年都是那样。但正是这条裤子让他获得了领座员的工作,在那之前,他母亲那个当裁缝的表姐——露西·巴顿的母亲——在他去她们家住的时候,把裤子改长了。

"噢,我知道这个问题伤害了你的感情,"斯克鲁奇说,"我有时候特别迟钝。然后我就会生别人的气,因为我自己很敏感。我不喜欢只对自己敏感的人。"

"我很抱歉,"艾贝尔说,一边眨着眼睛,他的视线似乎有点模糊,"你知道——我感觉不太好。听我说,一年前我心脏病发作过一次。"

斯克鲁奇又站了起来。"你为什么不告诉我？上帝啊。我们去找人帮忙吧。"

"别担心，"艾贝尔说，"你可以帮我外孙女把小马拿下来吗？"

斯克鲁奇用探究的目光打量着他，艾贝尔望向别处。他有很多年没有被那样仔细地——那样亲密地——打量过了。"'别担心'？"这个男人用几乎是温柔的声音说，"你是谁啊？"

"一个穿着讲究的人，"艾贝尔回答，又一次感到了想要微笑的奇怪冲动，"一个从不在缴税时耍花招的人。"又一次——几乎要哭泣的奇怪冲动。

"你的确穿得很讲究。"斯克鲁奇打开门，从艾贝尔的视线中消失了。艾贝尔听见他喊："我认得出量身定做的西装！现在我去拿小马，你别走。保持冷静，就待在那儿！"

艾贝尔的裁缝是一个名叫基斯的伦敦男人，每年两次，艾贝尔大步走进德雷克酒店，来到一间可以饱览湖景的套房。在这暖和得过头的房间里，暖气片嘶嘶作响，基斯会拿着一根布卷尺来给艾贝尔量身，他以颇为精巧、笃定和迅捷的手法，用平纹细布在艾贝尔的肩膀、胸膛和手臂上比画，用粉笔做标记。布料的样品摆在另一个房间，艾贝尔几乎总是选择基斯建议的布料。只有一两次，艾贝尔提议或许面料可以更柔软一些，或者条纹可能——也许——太宽了。"我不想看上去像个匪徒。"艾贝尔开玩笑说，基斯回答："噢，当然不。"

当基斯因为癌症逝世的消息传来时，艾贝尔震惊了。那种震惊与死亡有关，与一个人的毁灭有关，与那个人的消失带来的困惑有关。艾贝尔很熟悉这种简单的消失，他不是个年轻人了，从他自己父亲的消失开始，他就见识过别人的死亡。但震惊过后是一种灼人的羞耻感，似乎艾贝尔这些年来让基斯为他做衣服，是一件令人不齿的事。他发现，当他在车里，或者独自待在办公室里，或者早上换衣服的时候，会大声念叨出这些话："对不起。上帝啊，我很抱歉。"

甚至当他以保守派的身份投票时，甚至当他从董事会领取年度奖金时，甚至当他在芝加哥最好的餐厅吃饭时，甚至当他多数时候想的都是他想了很多年的事——我不会为我的富有道歉时，他还是道歉了，但他不知道他究竟是在向谁道歉。羞耻的浪潮会突然淹没他，就像他妻子多年来忍受潮热一样，她的脸会立刻变得通红，汗水在她的脸颊上像小溪一样流淌。她不可能像他在办公室里看到的某些女人一样，对这类事情保持乐观。但他感觉他现在更明白了，她肯定感受到了某种无法抑制的攻击，就像他感觉到了他的羞耻施加的无法抑制的攻击一样，他十分清楚，他的羞耻并不基于任何真实的事物。基斯有份工作，他做得很出色，他的报酬也很高。（他的报酬其实并没有那么高。）

但有一天，艾贝尔在生产部遇到了两个人，第一个人对"加入由纯粹贪欲驱动的公司，成为其中一分子"一事加以嘲讽，第二个人翻了个白眼，回答道："别犯傻了，你这个愤青。"正是这第二个人激怒了艾贝尔，他对这个人说："我们需要愤世嫉俗的年轻人，这很有益。不要再诋毁人类的努力，说他们愚蠢了，看在上帝的分儿上！"后来他感到很担心，因为现在的工作环境和他职业生涯大部分时间里的不一样了，这里现在是个潜在官司的培养皿，人力资源部一直很忙，虽然应该承认，比起其他公司的要闲得多。事实上，艾贝尔受人尊敬，他甚至是备受爱戴。（他的长期秘书非常爱戴他。）

但关键在于——歉意没有消失。这是件累人的事。

"我是高攀了，"艾贝尔大声说，出于某种原因他想偷笑，"噢，确实是。对我而言，她就像圣诞树一样可爱。我不是说她长得像树,只是她代表了所有——"

"来了,来了。"林克·麦肯齐回来了,伸过手。

"谢谢。"艾贝尔说。他看见林克·麦肯齐站在门口。他听见林克说:"你知道,你是个好人。"

但这时艾贝尔的视线边缘变得暗淡了,一阵突然的疼痛穿透他的胸膛。有一瞬间他觉得自己可能会从椅子上滑下去。他听见林克在打电话,说"快点",这让他想起了之前的一件事,拜托,你能快点吗?但他无法确定,随后传来很多声音,很多扇门打开了,他看见了一条橙色的带子,他明白他会被放在上面。

一个高大、肌肉发达的女人,他以为是个男人,她的头发剪得像男人一样短,穿着一件制服,正在帮忙——她曾被人叫作"堤坝",艾贝尔的脑中这样想。当她把他放到橙色担架的条带上,问他是否知道自己的名字时,她就是了不起的主宰者。他肯定说了名字,因为她开始对他说话:"你和我在一起,布莱恩先生。"

"对不起。"林克在他耳边不停地说。或许艾贝尔才是正在说这话的人。他想说"税"。他不知道自己说了没有,但他想对这个像男人一样强壮的了不起的女人说,她就是那些税的意义所在。

"布莱恩先生,我带来了你外孙女的小马。你知道你外孙女的小马叫什么名字吗？"这个大块头的女人问。

他一定说对了，因为她说："你把'雪球'拿好，我们要送你去医院。你能听懂我的话吗？"他感觉一个坚硬的塑料物体被放进了手里。

他们关上救护车的门时，林克的脸还在那里。他似乎在说着什么。

艾贝尔摇摇头。他觉得他在摇头——他分辨不出，但他想告诉林克·麦肯齐——这太可笑了，简直就是解脱——他度过了一段愉快的时光，这一定很荒谬，但并非如此。他感到血管里流淌着一股寒意，也许他们给他接上了什么东西，给了他一剂药，他不知道该怎么问——后来，救护车越开越快，艾贝尔感到的不再是恐惧，而是一种奇怪的、强烈的喜悦，事物终于无可挽回地脱离了他的控制，褪去外衣，赤裸裸的。然而还有一丝别的什么东西，仿佛在他刚好够不着的地方，一道灯光在闪烁，那里仿佛有一扇圣诞节的窗户。这让他困惑，也使他欣慰，在他疲倦的狂喜中，它好像几乎来到了他面前。林克·麦肯齐的声音说："你是个好人。"这让艾贝尔笑了起来，即使他感觉胸口像压满了石头。那个了不起的大块头女人以平静的声音告诉他："布莱恩先生，你坚持住。"他想，也许他的微笑在他们看来，像是疼痛引起的龇牙咧嘴，但这有什么关系呢，他此时正飞快地、从容地离开，离开他们，飞过——他飞得多快啊！——绿油油的大豆田，并深深地领悟到：他有了一个朋友。如果可以的话，他会这么说的，他会这么说的，但没有必要：就像他可爱的索菲娅爱她的"雪球"一样，艾贝尔有了一个朋友。如果这样的礼物能在这样的时刻来到他面前，那么一切——罗克福德的可爱姑娘为会议精心打扮，从岩河上飞驰而过——他睁开眼睛，是的，这就是那个无懈可击的领悟：对任何人而言，一切皆有可能。

致谢

作者想要感谢以下诸位给予这部作品的帮助:

吉姆·蒂尔尼、凯西·张伯伦、苏珊·卡米尔、贝弗利·戈洛戈尔斯基、莫利·弗里德里希、露西·卡森、弗兰克·康纳斯(他是个凭真本事吃饭的出色的故事讲述者),以及无与伦比的本杰明·德雷尔。